表御番医師診療禄6

往診

上田秀人

角川文庫
19308

目次

主要登場人物

●矢切良衛《やきりりょうえい》

江戸城中での診療にあたる表御番医師。今大路家の弥須子と婚姻。息子の一弥を儲ける。その後、御広敷番医師から寄合医師へ出世する。

●弥須子《やすこ》

良衛の妻。幕府典薬頭である今大路家の娘。

●伊田美絵《いだみえ》

御家人伊田七蔵の妻。七蔵亡き後、良衛が独り身を気にかけている。

●松平対馬守《まつだいらつしまのかみ》

大目付。良衛が患家として身体を診療している。

第一章　旅の始まり

一

旅する者は夜明け前に発《た》つのを心得とした。少しでも早く出ることで旅程に余裕を持たせるためといわれているが、そのじつは一日でも日程を縮め、旅籠《はたご》賃を浮かせるためであった。

ただ、初めて江戸《えど》を出る旅人だけは、違っていた。

「お気をつけて」

家族との別れを品川《しながわ》の宿場で惜しむのが慣例だからである。

徳川《とくがわ》幕府も五代を重ね、天下に騒乱の芽はなくなっている。大名の領内は安定し、治安もいい。まず街道筋に山賊などが出没することはなくなった。

さらに街道の設備も整い始めていた。

泰平が続くと、商いが盛んになる。荷運びの危険が去れば、商人はより利を求めて、遠方に販路を開拓する。商売が活発になれば、その土地が栄える。つまり領地を栄えさせたいと考えるなら、人を招くことから始めなければならないのだ。大名たちも領内で穫《と》れるあるいは製造した特産品を輸出し、入り用なものを輸入するために、交通の確保が必須《ひっす》であるとわかっている。隣国からの侵略を考えなくてもいい。となれば、街道の整備を進める。こうして人が行き交うようになれば、街道筋に一休みする茶店ができ、寝泊まりする宿が建つ。

旅はかつてのように危険なものではなくなっていた。

かといって、旅が生涯の別れになることもある。不意の病、崖崩れや河川の増水などの事故がないとは言いきれない。

そこで、初めて江戸を後にする者は、家族と水盃《さかずき》を交わして別れを惜しむ。東《とう》海道《かいどう》を上る者の多くは、それを品川でおこなった。

「では、壮健であれよ。弥須子《やすこ》、一弥《いちや》のこと頼む。火の要心もな。あとお世話おかけいたしまするど義父《ちち》上に、感謝している旨を伝えてくれ」

表御番医師から御広敷番医師、そして常勤を免じられる寄合医師へと転じ、長崎《ながさき》への遊学を認められた矢切良衛《やきりりょうえい》が妻の弥須子に言った。

「はい。旦那《だんな》さまも」

弥須子がうなずいた。

良衛が長崎へ遊学している間、屋敷は閉ざされ、妻と一人息子の一弥は弥須子の実家、今大路《いまおおじ》兵部大輔《ひょうぶだゆう》の屋敷へ行くことになっていた。

これは、屋敷で医科を開業している矢切家としてのけじめであった。屋敷があり、人が住んでいれば、どうしても患家がやってくる。良衛の留守を知らず、診療を求めてくるだけでなく、薬だけでももらいたいと願う者が訪れる。

「先生は長崎に勉学へ行かれておりますれば」

診療を求めてきた患家には、この説明だけですむ。

「いつものお薬をいただければ……」

問題はこちらであった。

患家にとって、医師の家族は素人ではないのである。診療は無理でも、薬の調合くらいはできると思っている。

「あいにく、わたくしどもでは……」

と実情を話したところで、病に苦しむ人は理解してくれない。

「薬代をつりあげるつもりか」

こう罵《ののし》られるのがおちであった。

無理もない。なにせ、施術なのだ。医師は僧侶《そうりょ》と同じで、無料奉仕が原則である。医師は診察と治療で礼は受け取っても、代金はもらわないのが通例になっている。その代わりが薬代であった。

多くの医者は、薬代を一服一分としている。一分は一両の四分の一、銭にして千五百文ほどになる。腕の良い職人の日当が五百文、人足仕事が一日で二百文ほどに比べれば随分と高価なものであった。

「この薬には、人参《にんじん》という高貴薬が使われておりましての、いささか値が張ります」

なかには一分できかないこともある。どころか、なにかと理由をつけて値段をつりあげる医師もいる。薬の値段は、医師の思うがままであった。

「居留守を使うとは、矢切先生も落ちたな」

こういった悪評は一度拡がるとなかなか収まらない。長く、この地にあって、代々医師として治療に携わり、それなりの信頼を得てきた苦労が水の泡になってしまう。

「ただで薬は出さぬ」

矢切にとって医は家業である。旗本としての禄《ろく》もあるため、明日の米に困ることはないが、だからといって薬を無料にはできなかった。

薬には仕入れがついて回る。野山に近い里の医師ならば、自ら歩いて薬草を採取、あるていどのものをつくりだせるだろうが、江戸ではまずできない。専門の薬種問屋から材料を仕入れて、薬を調合するしか方法はなかった。

当然、金がかかる。

その費用を医者が負担するのは、まちがいだと良衛の父蒼衛《そうえい》は常々諭していた。

「医者が患家を救うのは当たり前である。だが、儲《もう》け以上に損を出してしまえば、やがて矢切の家計は逼迫《ひっぱく》し、薬を仕入れることができなくなる。そして、薬を出せなくなった医者は、ただの八卦見《はっけみ》と同じ。診るだけで治療できぬ医者など、無用の長物」

蒼衛の言うところは正しい。その指示を、良衛は守り続けていた。

その代わり、真摯《しんし》な治療をこころがけた。おかげで、矢切家は近隣でそれなりの名声を得ていた。

「医者が患家を置いて、遊学など……」

閉めるとなったとき、そう言った批判もあった。

「新技術を身につけることこそ、医師の務め。従来のやり方では治せなかった病が、治せるようになるかも知れぬ」

診ている患者を放置することへの葛藤《かっとう》を良衛は未来を夢見て抑えこんだ。

「愚昧《ぐまい》が留守の間は、奈須玄竹《なすげんちく》どのを頼られるがよい」

奈須玄竹は、良衛と相婿の関係にある。良衛の妻弥須子の姉釉《ゆう》を奈須玄竹が娶《めと》っていた。本妻の娘である釉は、妾腹《しょうふく》の弥須子を嫌っているが、ともに医学を志している奈須玄竹と良衛の仲はいい。

良衛は安心して、後事を義理の兄に託した。

「そろそろ参りませんと」

長崎まで供をしていく従者の三造《さんぞう》が、急《せ》かした。

「おう。一弥、勉学もよいが、身体を鍛えることも肝要じゃ。医者が患家よりもひ弱では話にならぬ。木刀でよい。素振りを百、朝晩欠かすな」

最後に良衛は、一人息子の頭を撫《な》でた。

「はい。父上さま」

一弥がうなずいた。

「…………」

弥須子が苦い顔をした。今大路の娘ながら、妾腹ということで蔑《さげす》まれてきた弥須子は、息子を将軍の侍医たる奥医師にし、見下す姉たちを見返そうとしていた。そのためには、なによりも勉学だと、弥須子は一弥に剣術をさせることを嫌っていた。

「……矢切家の家風である」

良衛は弥須子の肩に触れた。

「はい……」

弥須子がしぶしぶ首肯した。

「ではの」

良衛は手を挙げ、東海道へ足を踏み出した。

長崎への遊学は金がかかった。

江戸から長崎までの遠さもさることながら、遊学の地では、生活のための金を稼ぐことも難しい。家を借りられればよいが、余所《よそ》者だからと忌避され、宿屋住まいをするしかないことも多い。となれば、金は羽が生えたように飛んでいく。長崎まで医術修業に一年いけば、百両かかるといわれる所以《ゆえん》である。

さらに医術の本、道具なども購《あがな》わなければならない。オランダ渡りの洋書ともなれば、一冊で何十両することさえもある。

とても二百俵の旗本に出せる金額ではなかった。

二百俵を金になおせば、七十両余ほどになる。この金で、一年の生活を賄い、奉公人の給金を出さなければならない。

一両あれば、庶民ならば一ヵ月過ごせる。七十両は大きな金額に見えるが、旗本としての面目を保たなければならない。身分に応じたつきあいもある。三造だけしか奉公人がいないとはいえ、隠居した父蒼衛と母の面倒も見なければならない。

そんな矢切家に長崎遊学の余裕はなかった。

「褒美として長崎へ行かせてやる」

大奥で将軍の命を狙う陰謀が進んでいた。それに大目付松平対馬守《まつだいらつしまのかみ》と、小納戸頭柳沢吉保《やなぎさわよしやす》が気づいた。

しかし、男子禁制の大奥に手出しはできない。

そこで、大奥にも出入りできる医師の良衛に白羽の矢が立った。

表御番医師から大奥を担当する御広敷番医師へと異動させられた良衛は、なんとか大奥での騒動を終息させた。そして、その褒美として、御広敷番医師から寄合医師へ出世した。

寄合医師は、いずれ将軍の脈を取る奥医師になる控えであった。奥医師に空きが出るか、召し出されるのを待つ。その間、普通に診療を続けても問題はないが、医術向上のための研鑽《けんさん》が主となる。

良衛の長崎行きも寄合医師で認められれば、公費が支給された。

「御広敷番医師が一人寄合へ動き、長崎遊学となったようでございまする」

大奥にかかわる人事である。良衛の異動はすぐに御広敷から大奥へと伝えられた。

「あやつか」

山科《やましな》の局《つぼね》を自害に追いこんだのが良衛であると、大奥では誰もが知っていた。

大奥は外に対して閉じられている。当然、大奥に住む女たちは、内に意識を向けざるを得なくなる。

誰それの局の某《なにがし》が飼っている猫が子を産んだから、中臈《ちゅうろう》の何々とお使い番のなんとかが女同士でつがっているまで、いろいろな噂が飛び交う。

「次の老中はあの者に決まったそうじゃ」

本来大奥に報《しら》されるはずのないことまで、表の役人より早く知っている。これは、大奥が表にかなりの影響力を持っている証拠でもあった。

「長崎へ遊学だけですむのか、別の目的もあるのでは」

大奥女中のなかでも京から下ってきた者たちは良衛を危惧《きぐ》していた。

「伝《でん》に近かったの、あやつは」

良衛が綱吉《つなよし》の愛妾お伝の方の局へ毎日往診していたことは知れ渡っている。良衛が大奥、それも綱吉の愛妾のもとへ通うようになってすぐ、山科が破滅した。

「山科のところの別式女を倒したとも聞いた」

良衛と山科の局の腹心、十六夜《いざよい》とが戦っていたことも公然の秘密であった。

大奥のなかでの争いである。なにせまったく刺激がないに等しい毎日なのだ。ちょっとしたことでも、皆の耳目を引いた。

ただ、将軍家から遣わされた形を取る医師を、大奥の警固担当である別式女が襲撃したとなれば、大騒ぎになる。

当事者の十六夜、直属の上司になる山科だけでなく、大奥女中全体の管轄をする取次、表使たちも責任を問われかねなかった。

終生奉公の大奥である。死ぬまで生活が保障されていればこそ、女中たちは己を磨くことなく、派閥争いに血道をあげられる。

もし、途中で咎《とが》を受け、放逐となれば一気に話が変わってしまう。今さら嫁にも行けず……というより、大奥で罪を犯して放逐されたような女を娶る家などない……かといって自力で金を稼ぐ能もない。

実家の片隅でひっそり過ごすか、尼寺にでも入るしかなくなるのだ。

大奥こそ、臭いものには蓋《ふた》であった。

「山科の方さまが自害なさった理由を知っているか」

集まっている女中たちのなかでもっとも身分の高い者が問うた。

「…………」

その場にいた女中のほとんどが、顔を見合わせるだけで、応《こた》える者はなかった。

「おらぬのか」

質問した女中が苛立《いらだ》った。

「尾上《おのえ》さま、あの……」

座敷の片隅で小さくなっていた女中が手を挙げた。

「そなたは誰じゃ」

尾上と呼ばれた豪奢な打ち掛けを着ていた女中が誰何《すいか》した。

「取次の源《みなもと》と申しまする」

女中が答えた。

「なにか知っておるならば申せ」

尾上が促した。

「山科さまの局におりました者から聞いた話でございまするが」

最初に源は又聞きだからと言いわけを口にした。

「ほう。噂でいどでもよい。違っていても叱らぬ」

一応、尾上が寛容さを見せた。

「ご存じの通り、山科の方さまの自害をもって、局は解散、属していた女中たちは、皆大奥を出されましてございまする」

まちがっていても大丈夫だと保証されて、源がしゃべり始めた。

「そのなかにわたくしの遠縁に繋《つな》がる者がおりまして、その者から山科さまは、上様のご勘気に触れたと聞きましてございまする」

「上様のご勘気……山科は上様に目通りをいたしていたか、花柳《はなやぎ》」

尾上が隣にいた女中に問うた。

「朝のご挨拶《あいさつ》で一同一緒はございましたが、個別ではなかったように思いまする」

尋ねられた花柳が首を左右に振った。

「会ってもいない者に、お叱りは妙じゃ。源、他になにかあるであろう。隠し立てするな。これは一人山科のことだけですむとはかぎらぬのだ。伝は関東《かんとう》の出、我ら京の女に対抗しておる。その伝の懐にいた医者が御広敷番医師から寄合医師になって長崎へ行く。まだ御広敷番医師になって一カ月も経っておらぬというのにだ。前例のない出世はおかしすぎる」

尾上が源を睨《にら》んだ。

「あくまでも伝聞でございまする」

「何度も念を押すな。違っていても咎めたりはせぬと申したはずだ」

あくまでも逃げ道を作ろうとしている源に、尾上が怒気を露《あら》わにした。

「ひっ」

小さな悲鳴をあげた源が、気力を振り絞った。

「山科さまは、かなりの蓄財をなされていたとか」

「蓄財……それがどうかしたのか。それならば、妾《わらわ》もしておる」

尾上が首をかしげた。

大奥女中は身分に応じた禄と合力金《ごうりききん》、奉公人を雇うための扶持《ふち》米などを幕府から支給されている。とはいえ、幕府が衣食住、すべての生活をみてくれるわけではない。衣装や菓子などの嗜好品《しこう》は、自弁である。

着物を仕立てるにせよ、紅や櫛《くし》などを購うにせよ、金は要る。とくに大奥で中臈以上の上級女中ともなれば、あまり安いものを身につけるわけにはいかなかった。花見、月見、蛍狩りなどの行事はもとより、季節が変わるごとに新しい小袖《こそで》や打ち掛けを用意するのが、大奥女中のしきたりである。

そこで着ていた衣装の出来が、次の行事までの格付けになる。もちろん、身分が変わるわけではないが、よいものを身につけていた女中は尊敬あるいは憧憬《しょうけい》の的となり、評判のよくなかった女中は、蔑まれる。

本来着飾って見せるべき男がいない大奥では、なにを着ていようがどうでもよいように思えるが、他に楽しみを持っていないのだ。

女たちが競うのは当然であった。

「よいものを手にするには金が要る。誰もが蓄財をしているはず。多少、それの度が過ぎたところで、咎められるほどのものではないはずだ」

尾上の説は妥当であった。

「多少どころではなかったように……」

「いくらだ」

　おずおずと言った源に、尾上が訊いた。

「五千両は下らぬと」

「な、なにっ」

　尾上が絶句した。

「上臈《じょうろう》たる妾が、十年掛けて貯めたのが、ようやく五百両だというに……」

「……」

　花柳以下、他の女中も声を失っていた。

「それだけの金を、山科はどうやって貯めた」

「そこまでは……」

　源がわからないと答えた。

「ちっ。役立たずめ。まあよい。では、その金はどこへ行った。柳元《やなぎもと》」

　舌打ちした尾上が別の女中を見た。

「表使のそなたならば、わかろう。金はどうなった」

　尾上が質問した。

　表使は、大奥に出入りする人、ものを管轄する。一日何百という物品が、七つ口を通じて出入りするだけに、それをうまく遣《や》り取りする表使は、優秀な者でなければ務まらなかった。

「山科さまご自害以降、金の出入りなどございませぬ。もちろん、表より、そのことについての問い合わせなども来ておりませぬ」

柳元が否定した。

「では、金はまだ大奥にあると」

ぐっと尾上が身を乗り出した。

「ないかと思いまする」

柳元が否定した。

「なぜわかる」

「山科さまの遺品を親元へ送らねばならず、そのため局へ入りました。衣装や小物、多少の金は見つかりましたが、他にはなにもございませんでした」

亡くなった女中の後始末も表使の職務であった。

「床下とかは見たのか。天井裏も」

尾上があきらめきれずに言った。

「天井裏は見ておりませぬ。五千両ともなれば、かなりの重さになりまする。天井が持ちませぬ。床下は畳を替えなければならなかったので、確認いたしました」

「血……」

畳を替えなければならなくなった理由に思いあたった尾上が嫌そうな顔をした。

「では、どこへ行ったというのだ」

尾上が騒いだ。

「山科さまが亡くなる三日前、長持ちが一つ須磨《すま》屋あてに出されておりまする」

「須磨屋。山科が名義を貸していた小間物屋だな。中身は確認したのか」

「わかりませぬ。当日、わたくしは非番でございました」

柳元が首を横に振った。

「それだな。須磨屋に問い合わせよ」

「どのような名目でいたしましょう」

尾上の指示に、柳元が質問した。

「そうよな、山科の遺品を親元へ返すため、調べているとでも申せ」

「では、金があったとして、どういたしましょう。そのまま須磨屋から送らせましょうや、親元へ」

「……愚か者」

告げた柳元を尾上が冷たい目で見た。

「大奥の金ぞ。それは。我らが遣うべきものだ」

「それは……」

柳元が引いた。

「なにを考えている。妾らが私腹しようと申しておるのではない。あの金を京から大奥へ来ている者たちの扶助としたいだけじゃ」

「扶助でございますか」

柳元が首をかしげた。

最下級の雑用係の女中は、江戸で募集する。京から江戸へ下ってくる女中は、誰もがお目見え以上の役に就いていた。

幕府から支給される禄で、贅沢《ぜいたく》まではできないが、少なくとも食べていける。扶助は要らなかった。

「わからぬか。京の出は、少なかろう」

「それは確かに」

大奥には六百人をこえる女中がいた。だが、そのほとんどが旗本の子女であり、京から来ている者は、数十名もいなかった。

「御台所《みだいどころ》さまが鷹司《たかつかさ》からお見えではあるが、大奥の実権は伝が握っておる」

五代将軍綱吉がまだ館林《たてばやし》藩主だったときに手を付けたのが伝の方である。その美《び》貌《ぼう》で、綱吉の子を二人も産んだ。正室の鷹司信子《のぶこ》を始め、他の側室たちが子をなしていないことからも、その寵愛《ちょうあい》ぶりがわかる。

「我らは、礼法を教えるために京から関東へ下ってきた。いわば、師として敬われねばならぬ。しかし、現実はどうだ。武張った江戸者に押され、身を小さくしているありさまである」

「たしかに……」

「仰せのとおりでございまする」

口々に女中たちが、同意の声をあげた。

「なぜだかわかっておろう」

「………」

今度は全員黙ってしまった。

「我らの実家《さと》が貧しいからじゃ」

尾上が口にした。

京から江戸へ下る大奥女中のほとんどは、公家《くげ》の娘であった。関白になれる五摂《ごせつ》家《け》でさえ、家禄は二千石から三千石ていど、御三家に匹敵する大納言の家柄で数百石という有様なのだ。それで生活をし、公家としての体面を維持しなければならない。余裕などはどこにもない。娘を荒夷《あらえびす》の巣窟《そうくつ》といって侮蔑している江戸へ出すのも、口減らしのためでしかない。

口減らしのために江戸へやった娘のために、衣装代を工面できるはずもなく、京から来た女中たちは皆、肩身の狭い思いをしてきた。

「山科のように商人とうまく手を組めるような者はいい。そなたたちはできるか」

「いいえ」

尾上の確認に、誰もが否定した。

山科は京の公家の出というのを看板とし、紅や白粉《おしろい》などの化粧品に付加価値を付けることで須磨屋と手を組んだ。

京女へのあこがれを利用したのだ。そして須磨屋から金を引き出していた。

だが、これは商人と交渉するだけの能力があって初めてできるものであり、男と話すことに慣れていない大奥女中では難しい。

「山科の遺した金があれば、助かろう」

「はい」

今度は全員が首肯した。

「柳元、そなた須磨屋に書状を出せ。大奥表使として正式なものをな」

「わかりましてございまする」

「源、そなたは出ていかされた知り合いと連絡を取り、正確な金額を確かめよ。須磨屋にごまかされてはたまらぬ」

「やってみまする」

源もうなずいた。

「では、一同、これまでじゃ。ああ、花柳、少し残りゃ」

「はい」

一人だけ残るように告げて、尾上が解散を命じた。

二

「……お方さま」

他の者がいなくなるのを待って、花柳が尾上の正面へと位置を変えた。

「どう思った」

尾上が花柳を見た。

「山科さまの蓄財でございますな。異常としか申せませぬ」

「じゃの。いかに金が好きでも五千両は論外じゃ。生涯で千両貯められれば、立派なものと言われておる。まだまだ隠居する歳でもない山科がそこまでするには、それだけの金が要るなにかがあったとしか考えられぬ」

「………………」

無言で花柳が同意を表した。

「なんだと考える」

尾上が訊《き》いた。

「山科さまは、一条《いちじょう》さまのお筋でございました」

筋とは、血縁あるいは主従など、関係のあるもののことである。

「ああ。山科は御台所さまと対抗するために、関白さまが出されたはずだ」

尾上がうなずいた。

幕府によって虐げられている朝廷だが、一枚岩ではなかった。

実利を武家に奪われ、名ばかりとなった公家にとって、位階がすべてとなった。家柄で届く官位は決められている。ならばその極官に他人より早く行き着こうとする。そのためならば、同僚の足を引っ張ることなど、簡単にしてのけた。

とくに五摂家は誰が関白になるかで熾烈《しれつ》な争いをしていた。

関白は天皇に代わって国事を代行する位、人臣を極める立場である。が、天下の権が武家に奪われて以来、名ばかりのものとなっている。

関白であろうが、なかろうが、実質は何も変わらない。だが、それしかないとなれば、人はそこに価値を認めたがる。

位階、これは大奥における見栄と同じであった。

その位階を巡って、朝廷で大きな問題が起こっていた。

後水尾《ごみずのお》天皇に寵愛された近衛基熙《このえもとひろ》が、左大臣までいきながら、右大臣だった一条兼輝《かねてる》に追い抜かれるという大失態を演じたのだ。

失態といったが、別段近衛基熙になんの落ち度もなかった。ただ、近衛基熙を可愛がってくれていた後水尾帝が入寂、幕府の血を引く明正天皇も譲位され、代わって跡を継いだ霊元《れいげん》天皇から嫌われただけであった。

霊元天皇は、大の武家嫌いであった。霊元天皇は、娘を三代将軍家光《いえみつ》の甥《おい》、甲府《こうふ》藩主徳川綱豊《つなとよ》に嫁がせた近衛基熙を、朝廷を幕府に売る者として忌避した。

だがこれはまったくの濡《ぬ》れ衣《ぎぬ》であった。

近衛基熙は娘を武家にやるつもりなどなかった。

実際、甲府徳川との縁談の前に、御三家水戸《みと》からも打診されていた。娘熈子《ひろこ》を水戸徳川家の御簾中《ごれんちゅう》にとの申し出を、近衛基熈は先祖の名にかけて武家との縁組はしないと拒否した。

そのあとに幕府から甲府家への輿入《こし》れをとの話があった。もちろん、近衛基熈は拒んだ。しかし、幕府は許さなかった。

御三家の水戸とは条件が違う。甲府宰相綱豊は、四代将軍家綱《いえつな》の甥なのだ。それを断るなど、幕府の威厳にかかわる。

幕府は近衛基熈を宥《なだ》め、すかし、脅してとうとうこの縁組を承知させた。その事情を知らず、霊元天皇は近衛基熈を嫌った。

こうして近衛基熈は位階を飛ばされるという大恥を搔《か》かされた。

それに対して一条家は儲けた。

関白といえども、その任命権は天皇にある。霊元天皇の鶴の一言で、右大臣から左大臣を抜かして、関白になった。

一条兼輝は狂喜した。

慣例を無視しての抜擢《ばってき》は寵愛の証《あかし》であった。一条兼輝は霊元天皇が権を握っている限り、安泰である。

ただ、これは朝廷の話であった。

関白だから、霊元天皇のお気に入りだから、というのは朝廷、京だから通じることであり、幕府にとってはなんの意味もなかった。

武家嫌いの天皇に引きあげられた五摂家。幕府にとって面倒な相手であった。

「このままでは、まずいな」

生き残るという点にかんしていえば、公家の嗅覚《きゅうかく》はすさまじい。

近衛は天皇家の圧迫に対抗するべく、鷹司と手を組んだ。鷹司も娘を後に五代将軍となる綱吉に嫁がせていた。

こうして近衛と鷹司は幕府に近づいた。

天皇と将軍、形としては天皇が上になる。天下の征夷大将軍《せいいたいしょうぐん》といえども、従二位相当の臣下でしかない。しかし、実質は武力を持つ将軍が強い。

幕府の後ろ盾を得た近衛と鷹司が、なにをしてくるか。関白になった一条兼輝が怯《おび》えた。

「近衛、鷹司が女を使うならば、こちらもじゃ」

一条兼輝は、家綱の御台所となった伏見宮貞清《ふしみのみやさだきよ》親王の娘浅宮顕子《あさのみやあきこ》女王の供をして、大奥に入っていた一門の山科に手を伸ばした。

「関白さまは、なにをお考えだったのかの」

「調べてみましょうや」

「できるかえ」

腹心の言葉に、尾上が不安そうな声を出した。

「できるかぎりのことをいたしましょう」

花柳が応じた。

「どうするのだ」

「あの医師を」

「医師……たしか矢切良衛とか申したやつか」

「さようでございまする。あの者が大奥に来て、山科さまが滅んだ。そして医師はいなくなり、長崎へ逃げだした。どう考えてもかかわっている。いえ、真相を知っているとしか思えませぬ」

花柳が自信をもって告げた。

「たしかにそなたの申すとおりであろうが、どうやるというのだ。すでに医師は城から出ておる。我らの力は、江戸城の外では通じぬぞ」

尾上が難しい顔をした。

「いささか金子を遣わせていただいてもよろしゅうございましょうや」

「金か……むうう。五千両のためならば、いたしかたあるまい。認めよう。ただし、無駄は許さぬぞ」

迷った尾上だったが、最後は首肯した。

「どう遣うのだ」

「伊賀《いが》を金で雇いまする」

問われた花柳が言った。


大奥は御広敷伊賀者によって警固されていた。

将軍がたった一人の男として数百の女の上に君臨する大奥は、男子禁制であった。とはいっても、将軍の身辺を守らなければならない。しかし、表の番士たちを大奥に入れることはできなかった。

そこで、大奥は伊賀者を配置した。伊賀者は忍であり、他人目《ひとめ》に付かないところに隠れることができる。

そう、姿が見えなければいないのと同じという理屈であった。

大奥は伊賀者を受け入れた。となれば、なにかと交渉をしなければならないことが出てくる。

厠《かわや》を風呂《ふろ》を覗くなどといった下世話なものほど深刻な問題になる。だが、いかに女が恥ずかしがろうとも、将軍を守るためにはいたしかたない。なにせ、女には男にない隠し所があるのだ。

子供が出てくる場所だけに、ちょっとした刃物や毒物を隠せる。侍《はべ》る女が刺客であったとき、将軍の閨に武器を持ちこむことができてしまう。

そして将軍の閨《ねや》の供をする女が、他人目を忍んで何かできるとしたら、厠か風呂になる。

女として男に用を足す姿や、素裸になって身体の手入れをする風呂を見られたくないのは当然である。また、伊賀者が万一に備えて目を光らせていたいと考えるのも正しい。

どちらの言いぶんにも理があった。

結果、大奥と伊賀者は妥協した。

厠番と湯屋番の女を伊賀から出すことで、決着を付けたのだ。女同士ならば、恥ずかしがらずに見せられるし、密《ひそ》か所になにか仕込んでいないかと確かめることへの抵抗も少ない。

「湯屋番はおるか」

花柳は大奥の小座敷近くの風呂へと足を運んだ。

小座敷は大奥における将軍の寝所である。その近くにある風呂は、添い寝する女中の身体あらためのために設けられていた。

「これは花柳さま」

湯屋番の女中二人が、手をついて迎えた。

「そなたたちに頼みがある」

「わたくしたちに……いえ、伊賀にでございますか」

すぐに伊賀の女が気づいた。

「まずはこれをくれてやる」

尊大に花柳が小判を五枚突きだした。

湯屋番は大奥で最下級の身分である。目通りのかなう高級女中である花柳とは格が違いすぎる。無礼とは言えなかった。

「……なにをいたせば」

湯屋番は警戒して金に手を伸ばさなかった。

「医者を探ってもらいたい」

「……医者でございますか」

湯屋番が不思議な顔をした。

「矢切良衛という御広敷番医師を知っておるか」

「…………」

湯屋番二人が顔を見合わせて黙った。

「どうやら知っているようだな」

女だけの大奥で出世していくには、相手の表情を見抜く能力がなければならない。

花柳は湯屋番の動揺を悟った。

「存じておりまする。と申しましたところで、名前と顔くらいでございまするが」

湯屋番を代表した年嵩《としかさ》の伊賀の女が答えた。

「それで十分だ。では、矢切が御広敷番医師を離れ、寄合医師になったことも存じておるな」

「はい」

湯屋番が首肯した。

「御広敷番医師から寄合医師へと転じていく者はおる。矢切の異動もおかしくないといえば、そうなのだが……」

湯屋番の反応を見るように、花柳がわざと言葉をきった。

「…………」

湯屋番は無表情を貫いた。

「ふん」

花柳が不満げに鼻を鳴らした。

「まあいい。そなたたちも思ったであろう、あまりに出世が早すぎると。大奥に来るなり寄合医師に出世、さらに長崎へ遊学の許可まで出た。これは異常である」

「それでなにをお求めでございましょう」

ようやく湯屋番が反応した。

「大奥でなにか手柄があった。そうでなければ、つじつまが合わぬ。しかしながら、手柄になるほどの病人は大奥で出ておらぬ。御台所さまも、他の上臈方もお健やかである」

花柳が患者を限定した。これは、湯屋番を始めとする下級女中や目通りできるぎりぎりの三の間詰め女中などを治したところで、どうということでもないからである。それが不治の難病であろうが、大怪我であろうが関係ない。それよりも御台所さまの腹痛、風邪を治療したほうが手柄になった。

「たしかに、そのようなお話は聞いておりませぬ」

湯屋番、厠番などの伊賀の女は、その任以外に、大奥の内情を探るのも役目である。御台所や上臈などが体調を崩したとなれば、かならず知っていなければならなかった。

「おかしいと思わぬか。いや、そなたたちではわからぬかの」

花柳が湯屋番ていどでは、そこまで思いもいたらぬかと嘆息した。

「…………」

湯屋番たちは眉一つ動かさず流した。

「御広敷番医師は、男ながら大奥へ堂々と出入りできる。そして矢切は、毎日お伝の方さまのお局へ通っていた」

「お伝の方さまの局におりまする中臈の治療であったようでございまする」

湯屋番が、良衛の行動を告げた。

「それを信じられるか。中臈の治療で褒美が出るなどありえぬぞ」

中臈は将軍が手出しをしても問題ない身分である。将軍の寵愛を受けた女は、すべて中臈となった。ただ格は大奥表使よりも下と、それほど高位ではなかった。

「それを探れと」

湯屋番が確認した。

「そうじゃ。大奥のなにを探って、矢切は褒美を得たのか、それを知らねばなるまい。もし、それが大奥を揺るがすほどのものであれば、大事《おおごと》じゃ。大奥の弱みを握られて、表の支配を受け入れねばならぬなどとなっては困る」

「知ってどうなさろうと」

興奮する花柳に対し、湯屋番は冷めていた。

湯屋番は女ながら伊賀者である。大奥がどうなろうとも生活に支障は出なかった。

「対抗策を練れようが。どこから来られるかわかっておれば、穴も塞げよう。避けられぬことでも、被害を少なくすることはできようが」

「なるほど」

湯屋番が納得した。

「代金は払う。この五両は手付けじゃ。調べられたならば、さらに二十五両だそう」

「三十両……」

「大金じゃ」

ずっと感情を表に出さなかった湯屋番二人が動揺した。

御広敷伊賀者はおおむね三十俵三人扶持であった。これは、金にするとおよそ十六両ほどになる。伊賀者一家が一年生活していく金の倍以上を花柳は呈示したのであった。

「組頭さまにお話をせねば返答はいたしかねまする」

「わかっている。組頭の返答を訊いてこい」

花柳が手を振った。

「ごめん」

軽く頭を下げた湯屋番が、天井を見上げた。

「組頭さま。お見えでございましょう」

「ああ」

湯屋番の呼びかけに、天井裏から応答があった。

「な、な……」

不意に落ちてきた男の声に、花柳が驚いた。

「ど、どうして」

花柳が落ち着きをなくしていた。

「お見えのおりに、この笛を」

ずっと黙っていた若い湯屋番が握っていた右手を開いて見せた。手のひらには小指の半分ほどの竹笛が載っていた。

「笛の音など聞こえなかったぞ」

「常人には聞こえませぬ。伊賀者の耳だけに届くようになっておりまする」

もう一度笛を吹いて見せた若い湯屋番が説明した。

「もし湯屋で怪しい者がおりましたとき、それを報《しら》せるためのものでございまする」

「……妾が怪しい者だと」

意味に気づいた花柳が、憤った。

「怪しゅうございましょう。小座敷側の風呂に花柳さまが来られるなど……」

「……うっ」

湯屋番の言葉に、花柳が詰まった。

小座敷側の風呂に用があるのは、その日将軍の相手をする寵姫《ちょうき》とその世話をする女中だけである。ここはそのためだけに作られた風呂で、他の大奥女中は縁がなかった。

「組頭さま。いかがいたしましょう」

「矢切良衛か……」

声だけながら、組頭の悩む様子が下にも伝わった。

「……承知した」

少ししてから組頭が了解した。

「矢切良衛がなにを知ったか、それを調べるだけでよろしいな」

「……いや、待て」

念を押した組頭へ、花柳が待ったを掛けた。

「矢切がどこへ行くのかを確かめよ」

「無茶を言われる。長崎まで付けていけと言われるか。それで三十両は安い。なにより、報告が遅くなりまするぞ」

組頭が嫌がった。

「二人で行けばよかろう。一人が報告に戻ればすむ」

「……二人。ご冗談を。それならば五十両いただかねばわりが合いませぬ」

花柳の言いぶんを組頭が否定した。

「五十……高すぎるわ」

花柳が足下を見るなと怒った。

「足を出してまで、あなたさまに従う義理はございませぬ」

冷たく組頭が言った。

「な、生意気を。伊賀者の分際で」

伊賀者は目通りできぬ御家人である。京の公家出身の花柳から見れば、庭掃除をしている小者《こもの》と同様である。

「初《はつ》、高音《たかね》、しっかりと役目を果たせよ。このことでもう呼ぶな」

組頭が去ろうとした。

「わ、わかった」

あわてて花柳が止めた。

尾上にやってみせると言った手前、できませんでしたでは、役立たずとして見捨てられる。

「一人でいい。ただし、京まで頼む。京で、矢切が誰に会うかを確かめてくれ。報告は問屋場を通じて送ってくれてもよい。そのときの費用は払う」

花柳が折れた。

「お引き受けいたしましょう。ただし、前金は半分。残り十両を明日までに、湯屋番へお渡しくださいますよう」

「十両を明日までか……やむをえぬ」

大奥女中の給与はさほど多くはない。表の老中に匹敵する年寄り上臈で本禄は五十石しかない。そこに合力金六十両と十人扶持がつく。他にも薪《まき》代やおかず代といわれる五菜銀《ごさいぎん》なども足されるが、それでも年収は百三十両ほどしかないのだ。それから考えても、山科の蓄財はとほうもない金額であった。

「なんとかしよう」

花柳がうなずいた。

三

大奥を離れた組頭は、勘定方を訪れていた。

勘定方は幕府でもっとも多忙である。とくに出入の両方を監督する勘定頭は一度仕事に入れば、厠へ行く暇もないほどであった。

「勘定が違っておる。足し引きくらいまともにできぬのか。ならば、さっさと辞めてしまえ」

配下の失敗を見つけた勘定頭荻原重秀《おぎわらしげひで》が、怒鳴りつけた。

「も、もうしわけもございませぬ」

荻原重秀よりも歳上の勘定衆が低頭した。

「怒る手間も惜しいわ。さっさとやりなおせ。次まちがえたならば、有無を言わさず、勘定方から放り出す」

冷たく宣言して、荻原重秀は配下から手にしている書付へと目を移した。

「……うん」

いつのまにか、書付に小さな紙が落ちていた。

「…………」

無言で紙に書かれた小文字を読んだ荻原重秀が小さくうなずいた。

「家野《いえの》。これをお奉行さまのところへ」

「は、はい」

若い勘定衆が跳び上がるようにして荻原重秀が読み終えた書付を受けた。

「どちらへ」

その後立ち上がった荻原重秀を、補佐していた表右筆が見上げた。

「厠だ。すぐ戻る」

荻原重秀が答えた。

勘定方の詰め所、勘定所にも厠はある。廊下に出て突きあたり、縁側の外に張り出すように出ている厠へ荻原重秀は入った。

「なんだ」

袴《はかま》の紐《ひも》を緩めることもなく、荻原重秀が言った。

「……と大奥女中の花柳さまより」

厠の片隅で控えていた御広敷伊賀者頭が、さきほどの遣り取りを報告した。

「女は金の匂いをかぎつけるのがうまいな」

荻原重秀が苦笑した。

「どこから山科の隠し金のことを知ったか」

山科が遺《のこ》した六千両は、預けられていた須磨屋から荻原重秀が回収していた。

「まあ、金のことはいい。もうないのだからな。獲《と》らぬ狸の皮算用ではないが、夢を見るくらいはよかろう」

嘲《あざけ》りを荻原重秀が浮かべた。

「それがどういけば、医者坊主の探索になるのか……」

一瞬、萩原重秀が考えた。

「いかがいたしましょうや」

御広敷伊賀者頭が問うた。

「余裕があるか」

荻原重秀が小さく笑った。

伊賀者を荻原重秀は支配下に置いていた。伊賀者といえども幕府の役人である限り、勘定方と無縁ではいられない。遠国探索御用の費用などは、伊賀者の禄には含まれておらず、そのたびに勘定方で受領し、任の後で精算していた。そこに伊賀者の余得があった。

なにせ隠密《おんみつ》なのだ。いつどこでどのように金を遣ったか、証明できない。いや、してはならなかった。探索御用でどこへいったか、誰を探ったかは、老中以外に知ることが認められていない。それを盾に、代々の伊賀者は、費用を水増しして請求、余った分を組で分配していた。

そのからくりを荻原重秀は見抜き、逆手にとって伊賀者を押さえこんだ。

「儂《わし》の言うことを聞け。その代わり、褒美はくれてやる」

荻原重秀は、伊賀者を収賄や贈賄など正当な手段ではない金の摘発に使った。

「おまえたちが見つけてきた金の一割を褒美としてくれてやる」

「千両ならば百両……」

話を持ちかけられた伊賀者は、あっさり荻原重秀の軍門に降《くだ》った。

どれほど探索御用を重ねて、金をごまかしたところで、一年で十両から二十両くらいが限界であった。なにせ、もともと支給される金額が、ぎりぎりなのだ。それを苦労して削減して、金を余らせていたのだ。さほどの金額にはならなくて当たり前である。

「約束の金だ」

そして荻原重秀は須磨屋から回収した六千両の一割、六百両を伊賀者に渡していた。

「本当によろしゅうございますので」

「残りは裏の勘定だ」

見たこともないような大金に震える御広敷伊賀者頭へ、荻原重秀が告げた。

「勘定方には、表に出せぬ金が要る」

荻原重秀は、残りの五千四百両を勘定方の裏帳簿にしていた。

「老中方や大奥女中から、無理な要求が来たときにな」

説明を求めていない御広敷伊賀者頭に荻原重秀は語った。

「金がない、とか、名目がございませぬ。などと言って無心を断るのも勘定方の役目だがな。なかには、黙って金を用意するほうがよいときもある。そんなときに、手続きを経ずすぐに金が出せる。これができて初めて真の勘定方だ」

荻原重秀が御広敷伊賀者頭に、私腹を肥やすための金ではないと伝えたのであった。

「金はもらっておけ」

相談を聞いた荻原重秀が、御広敷伊賀者頭にうなずいた。

「では、受けてよいと」

「探索御用ではない。伊賀の私事だ。それに儂は口を出さぬ」

「かたじけなし」

御広敷伊賀者頭が頭を下げた。

「さきほど医師の探索だと申したが……その医師の名は矢切良衛だな」

「さようでございますが……」

確認した荻原重秀に、御広敷伊賀者頭が怪訝《けげん》な顔をした。

「幕府の金で長崎遊学する。それだけの医術の腕があると認められたのだろうが……

……ちょっと待っておれ」

足早に荻原重秀が勘定所へ戻った。

「飛驒《ひだ》代官への指示はどのように」

待っていた配下の声を荻原重秀は無視した。

「寄合医師矢切良衛の長崎遊学の費用弁済の書付を扱った者は誰じゃ」

荻原重秀が問うた。

「わたくしでございまする」

おずおずと若い勘定衆が手を挙げた。

「生熊《いくま》か。そのときの控えはどこだ」

「しょ、少々お待ちを……」

なにか落ち度があったと思っているのか、生熊と呼ばれた若い勘定衆が青い顔で積んであった書付をひっくり返し始めた。

「……こ、これでございまする」

後かたづけもせずに、生熊が書付を荻原重秀のもとへ届けた。

「…………」

そのまま頭《こうべ》を垂れて生熊が座った。

「なにをしている」

「頭、この書付を」

書付を見ていた荻原重秀が気づいた。

「不備でも」

「……そうでないわ。さっさと仕事に戻れ」

荻原重秀が手を振った。

「は、はい」

顔色を一気によくして、生態が去っていった。

「まったく……」

あきれた荻原重秀が、あらためて書付を読んだ。

「医術推薦者は、典薬頭《てんやくのかみ》の今大路兵部大輔さまか……書式にも問題はない。御老中大久保加賀守《おおくぼかがのかみ》さまの花押も、上様の花押もある」

なにもなかったかと荻原重秀が書付を置こうとした。

「うん……」

ふと荻原重秀が書付を見直した。

「墨の色が……御老中さまの花押が、上様の墨より濃い。いや、上様の花押が褪《あ》せている」

荻原重秀が書付を燭台《しょくだい》で照らした。

墨は劣化しにくい。墨自体の変化は数日ていどでは、まず目で確認できない。ただ、墨は水を含んでいる。そして和紙は繊維が粗く長い。いかに老中や将軍が使う奉書紙とはいえ、墨はにじむ。

「城中の墨は、すべて同じ濃さで統一されているはずだ」

荻原重秀の言うとおりであった。城中はどこの部屋にも硯《すずり》と墨、筆が用意されていた。そしてこれらの用意は城中の雑用をするお城坊主の仕事であった。

お城坊主は身分低い者ながら、御用部屋へ出入りすることもできた。城中で勝手に入れないのは、将軍御座の間と大奥だけである。

御座の間に入れない。となれば将軍が使う墨は、側に仕える小納戸が擦る。

将軍が使う墨である。万一かすれたり、薄れたりしては大事になる。当然、小納戸は必死に濃く擦る。となれば、それが城中の手本になった。

お城坊主も墨を思い切り濃く擦る。老中と将軍の使う墨はこれ以上ないというくらい濃い。ただ、擦る量が違った。

将軍が一日に使う墨は、硯一つで足りる。対して、老中の執務室である御用部屋の墨は大量に消費される。当然、使用する水の量も違う。いかに最大まで濃く擦ったところで、水の量の差はどうしても出る。水が多いと墨の乾きは遅くなる。

「老中奉書は、まず老中が花押を入れて、上様のもとへ出され、そこで認可を受ける。老中よりも上様の花押が後からはいる。ゆえに水気の多い老中の花押の乾きと、水気の少ない上様の花押の乾きは同じようになるのが、普通だ」

荻原重秀は手元にある書付を何枚も確認した。

「やはり……だが、これは上様の花押の乾きがきつい。つまり、これは上様が先に花押を入れられたとなる。たかが一医者のために、上様がなにかをなさるなどありえぬ。いかに今大路兵部大輔の娘婿だとしてもだ。なにかあるな」

荻原重秀がふたたび立ちあがった。

「どちらへ」

表右筆がまた問うた。

「もう一度厠じゃ」

「ご体調がお悪いようならば、医師を呼びまするが」

答えた荻原重秀に、表右筆が気を利かせた。

「大丈夫だ。これで終わりになるはずだからの」

手を振って荻原重秀は、厠へと急いだ。

「遅くなった」

さきほどと同じ姿勢で、御広敷伊賀者頭が待っていた。

「いえ」

「……他に誰も来なんだのか」

ふと荻原重秀が疑問を口にした。

「三人来ましたが、そのときは天井に張り付いてやり過ごしますれば」

「なるほどの。厠では誰も下しか見ぬな」

荻原重秀が納得した。

「話がそれた。少し矢切に興味が出た。儂から新たに金は出さぬが、探索の結果を報せよ」

「わかりましてございまする」

六百両もらったばかりである。嫌な顔を一つもせず、御広敷伊賀者頭が首肯した。

伊賀者の組屋敷は四谷《よつや》にあった。なかは伊賀者だけしか入れず、他の組屋敷ならば一つ一つの長屋まで入りこんで商売する行商人も、門前で声をあげるだけであった。

「石蕗《つわぶき》はおるか」

組屋敷に戻ってきた御広敷伊賀者頭が、配下の石蕗を呼び出した。

「なんでござる」

非番だった石蕗が、すぐに顔を出した。

「おぬし医師の矢切良衛を知っておるな」

「うむ」

なんともいえない表情で石蕗が首を縦に振った。

「恩讐《おんしゅう》は捨てよ。それが伊賀者だ」

御広敷伊賀者頭が苦い顔の石蕗に命じた。

「わかっておる」

石蕗が一層苦く頬をゆがめた。

良衛と石蕗には、まさに恩讐があった。

恩は山科の局の別式女十六夜によって折られた足の治療をしてもらったことだ。

良衛がきちっと骨の位置を合わせて固定したおかげで、石蕗に後遺症はでていない。

あのままずれを放置していたならば、忍働きはもとより、まともに歩くことさえできなくなっていた。

対して讐は父親を殺されたことであった。石蕗の怪我を診に来た良衛を父が、伊賀組を探りに来たと勘違いして襲って、返り討ちされた。まったく言いわけできないほど父の過ちであり、良衛に罪はなかった。どころか、詫《わ》びなければならない。

とはいえ、身内を殺されたという想いは、収まらない。

石蕗はまだ折り合いが付いていなかった。

「……そうか」

その様子を見た御広敷伊賀者頭が、嘆息した。

「この任から、そなたは外す。しばらく組屋敷から出ることも禁じる」

「………」

無言で石蕗が同意した。

「となれば、誰か矢切の顔をよく知っている者は……」

御広敷伊賀者頭が困惑した。

「お頭」

石蕗が顔をあげた。

「なんだ。もう帰ってよいぞ」

すでに御広敷伊賀者頭は石蕗から興味を失っていた。

「よい人物がおる」

「……矢切をよく知る者か」

御広敷伊賀者頭が、石蕗に確認した。

「といっても顔だけだろうが」

「それで十分だ。顔さえわからずでは、探索のかけようもない。で、そなたの言う者とは誰だ」

石蕗の話に、御広敷伊賀者頭が身を乗り出した。

「板尾《いたお》の妹よ。たしか、大奥で使番をしているはずだ」

「……板尾の妹と……おお、ちょうどよい。お伝の方さまのお望みにも応じられる」

御広敷伊賀者頭が、手を打った。

大奥使番は、お末女中の一つ上なだけの身分低い者である。主に小間使いのような役目をし、他の局への使者や大奥出入りの商人からものを受け取ったりする。七つ口を通ってくる医師の案内を担う取次女中の補佐も使番の任であった。

「名前は幾《いく》であったかな」

御広敷伊賀者頭が思い出した。

大奥を守るのも御広敷伊賀者の仕事である。広大な面積を誇る大奥に外から侵入者が入り込めないように、周囲を固めるのが主たるものだが、それではたりなかった。

内部にも目を光らせなければならない。

大奥に入る女中で目見え以上は、厳しい調べを受けてから大奥へあがっている。しかし、目見え以下は町屋の女がほとんどであった。なかには生活の苦しい御家人の娘などが、口減らし代わりに大奥で末や使番などをすることもあるとはいえ、ごく一部である。

一応、身許《みもと》の調査はされるが、将軍に近づける目見え以上に比べると甘い。どのような輩《やから》が紛れ込んでいるかわからないのだ。

それを監視し、万一に備えるよう、御広敷伊賀者は、厠番、湯屋番とは別に、何人かの女忍をおくりこんでいた。

「代わりに話をしておいてくれ。吾《われ》はこれより上様にお話し申しあげてくる。きな臭いにもほどがあるからな、今回の話。念のため、上様にもお知らせしておくべきだろう」

御広敷伊賀者頭が、石蕗に告げた。

「そうだな。上様を敵にすれば、伊賀は滅ぶ」

石蕗も同意した。

四

老中は激務である。天下の政《まつりごと》を担うのだ。当然であった。しかし、執務時間は短く決められていた。朝五つ（午前八時ごろ）から昼八つ（午後二時ごろ）までしか、城中御用部屋にいられなかった。最高権力者が遅くまで執務していては、下僚が帰れないからである。当然のことながら、それでは政務はとても回らない。そこで老中たちは己たちの屋敷に戻って案件を処理した。

すでに家督を息子に譲り、隠居していたが、四代将軍家綱から大政を委任された稲葉《いなば》美濃守《みののかみ》正則《まさのり》の屋敷には、老中大久保加賀守が相談に訪れていた。

「これをどうお考えになられまするか」

大久保加賀守が稲葉美濃守へ書付を一枚差し出した。

「拝見……」

稲葉美濃守が書付を見た。

「矢切良衛……」

稲葉美濃守が苦い顔をした。

「こやつのおかげで、我らは……」

大久保加賀守も稲葉美濃守同様、表情をゆがめた。

大老堀田《ほった》筑前守正俊《ちくぜんのかみまさとし》を従弟《いとこ》の若年寄稲葉石見守正休《いわみのかみまさやす》が刺し殺すという、幕府を揺るがすほどの殿中刃傷は、大久保加賀守を始めとする老中たちの暗躍によるものであった。

その発端は五代将軍綱吉によって、すでに決着のついた越後《えちご》高田《たかだ》松平家の御家騒動が再審査されたことであった。結果松平家は改易、前回の審判をおこなった酒井《さかい》雅楽頭忠清《うたのかみただきよ》にも咎めがあった。もっとも酒井雅楽頭忠清はすでに死んでいたため、直接どうこうというわけではなかったが、それでも罪が与えられたことには違いない。これに老中たちは震えあがった。

大なり小なり、老中たちは御家騒動に絡んでいる。もし、越後高田松平家のように再審となれば、どのようなことになるかわからない。そこで、老中たちは、稲葉石見守を利用して、綱吉の引きで大老となった堀田筑前守を排除した。寵臣たる堀田筑前守を死なせることで、綱吉の耳目手足を奪おうと考えたのだ。そのなかに稲葉美濃守がいた。いや中心であった。

高田騒動で綱吉は、隠居どころか、すでに死んでいる酒井雅楽頭を咎め、墓まで暴こうとした。隠居だからと安心はできなかった。

「やられる前に、やらぬと滅ぼされるぞ」

稲葉美濃守の恐怖に、大久保加賀守らものって、策は成功した。

が、その策の穴に良衛が気付き、稲葉美濃守や、大久保加賀守たちの陰謀は綱吉の知るところとなってしまった。さすがに老中すべてを罰するわけにはいかないと綱吉は寵臣の死を飲みこみ、代わりに大久保加賀守たちを隷属させた。すでに隠居していた稲葉美濃守は咎められず、代わって息子の京都所司代稲葉丹波守正往《たんばのかみまさゆき》が遠慮を命じられたが、家に傷は付かずにすんだ。

「一応、お知らせだけ」

さっさと大久保加賀守は帰っていった。

「……どうしてくれよう」

残った稲葉美濃守は憤慨していた。

「我が領内を通過させるなど、我慢ならぬわ」

「殿、お平らに」

用人が憤懣《ふんまん》を口にした稲葉美濃守をなだめた。

「殺すか。領内ならば、どうとでもできよう」

稲葉美濃守が声を低くした。

「お止めくださいませ。それこそ、上様に気づかれましょう。稲葉の領内で、堀田筑前守の刃傷の裏を見つけ出した医師が行き方知れずになったなど」

大あわてで用人が止めた。

「箱根《はこね》の山から落ちたとか、落石が当たったとか……いくらでもごまかせよう。実際、一年で何十人という旅人が事故にあっているではないか。その書付は箱根関所にある。偶然だと言い張れよう」

まだ稲葉美濃守はあきらめていなかった。

「表だっては、通りましょう」

「ならば……」

「殿ほど、裏をよくご存じのお方はおられないと思っておりましたが」

腹心の用人が嘆息した。

「裏……」

稲葉美濃守はまだ理解できていなかった。

「表だって当家を咎められない。二度目でございまする。それを上様がご辛抱なさいましょうや」

「稲葉家を潰《つぶ》すと言うか」

　用人の言葉に稲葉美濃守が怒った。

「関ヶ原《せきがはら》で寝返りをためらった小早川秀秋《こばやかわひであき》を説得し、徳川の天下をなしとげた第一の功績をもつ稲葉家を潰せるはずなどない」

　先祖の功績を稲葉美濃守は口にした。

　稲葉美濃守の祖父佐渡守正成《さどのかみまさなり》は、豊臣秀吉に仕えていた。のち、秀吉の甥で小早川家の養子になった秀秋の傅育《ふいく》として付けられた。その正成が、関ヶ原で家康に従うべしと秀秋を説得し、戦いを決定づけた。この功績で、小早川家断絶の後、家康から美濃に一万石を与えられ、大名となった。紆余曲折《うよきょくせつ》あり、一時正成は改易されたりもしたが、ふたたび二万石の大名として返り咲き、稲葉家の先祖となった。稲葉美濃守は、その正成と後妻春日局《かすがのつぼね》の間に生まれた正勝《まさかつ》の次男であり、三代将軍家光の寵愛を受け、出世を重ねてきた。

「潰されはしますまい」

　用人が認めた。

「みろ。なにより上様は家光さまのお血筋じゃ。春日局の血を引く稲葉になにもできようはずはない」

稲葉美濃守が胸を張った。

「加増はできますな」

「……加増」

用人の言ったことに、稲葉美濃守が怪訝な顔をした。どう見ても加増される理由はない。

「長年の執政としての功績に報いるため、一万石加増のうえ、九州肥後《ひご》へ転封する。こう上様が仰せになられたとしてお断りできましょうか」

用人が例を挙げて訊いた。

「一万石の加増で九州だと。そんなもの割に合うわけなかろう。拝辞するだけじゃ」

稲葉家の所領は相模小田原《さがみおだわら》にある。今は当主丹波守正往が京都所司代をしている関係で参勤交代を免除されているが、したとしても二泊ほどの旅程ですむ。参勤交代の費用もしれている。それが九州の肥後あたりに移されたならば、参勤の日数だけでも二十日近く増えることになる。当然、費用は十倍近くかかる。一万石の加増ていどでは割に合わない。

「加増付きの転封は、一応褒美でございまする。お断りすれば、相応の罰を覚悟しなければなりませぬ」

主君の厚意を無にする行為は、咎めの対象になり得る。

「だが、肥後はあまりであろう」

稲葉家は家光、家綱に重用された関係で、関東に領地を与えられていた。小田原へは父正勝の代に転じられ、長いときをかけて整備してきた。その努力の結果が、今の小田原の繁栄をもたらしている。このために稲葉家が使った金、人、ときは膨大なものになる。それを奪われるなど論外であった。

「では、美濃辺りならば……」

美濃も小田原より遠いが、参勤の距離は数倍ていどですむ。

「それならばお受けできるな」

条件が変わったことで、稲葉美濃守は納得した。美濃は稲葉家先祖の本貫地である。大名にとって発祥の地を所領として与えられるというのは、大きな名誉であった。

「おわかりではございませぬか」

小さく用人が首を左右に振った。

「なんじゃ、はっきりと申せ」

稲葉美濃守が怒った。

「では、申しあげまする。小田原は海に面し、温暖。米の穫れ高もよろしゅうございまする。なにより箱根越えの旅人がかならず逗留《とうりゅう》してくれるおかげで、城下も繁栄しております。このおかげで稲葉家は表高の倍近い実高を誇っておりまする」

「ああ」

藩主であった稲葉美濃守もそのことはわかっていた。

「では、新しい領地はいかがでございましょう。将軍家から出される領地判物は実高で出されましょう。つまり、表高と実高が一致してしまいまする」

「収入が減る……」

稲葉美濃守がようやく気づいた。

「どころか、奥州棚倉《おうしゅうたなぐら》のように表高六万石、実高五千石というところもありまする。他にも、稔《みの》りはよいが、数年に一度水害のあるところなどもございまする。もし、そのような場所を与えられたら……」

「当家は破綻《はたん》する」

稲葉美濃守の顔色が変わった。

「こうすれば、褒美の顔をした咎めを与えられまする」

用人が告げた。

「そなたの言いたいことはわかった。儂の腹の虫は治めよう。儂の怒りを晴らしたところで、息子の将来に傷をつけては意味がない」

大きく嘆息して稲葉美濃守はあきらめた。

「ご心中お察しいたします」

用人が深々と平伏した。

稲葉美濃守の屋敷から戻ってきた主《あるじ》を、江戸家老が出迎えた。

「お帰りなさいませ」

「茶をな」

満足そうに大久保加賀守は笑っていた。

「ただちに」

小姓に茶の用意を命じた江戸家老が、大久保加賀守の後に従った。

「殿……」

書院に入るなり、江戸家老が我慢できないとばかりに声をかけた。

「うまくいったと思うぞ。矢切の名前が出たところで、美濃守の顔がゆがんだ」

「では、まだ恨んでおると」

江戸家老が確認した。

「まちがいないな。なにせ、息子に遠慮が申しつけられたのだ。わざわざ難を逃すために京都へ行かせるという手を打っていたにもかかわらず、咎めが及んだ」

大久保加賀守が苦く顔をゆがめた。

「己は隠居、跡継ぎは京。江戸城で大老が殺されても、かかわりないですむと思いこんでいたようだ。それを医者坊主が真相を暴いて台無しにした」

「…………」

主君の声に含まれる恨みに、江戸家老が沈黙した。

「我らをうまく道具に使い、堀田を除《の》け、稲葉家を守る。一石二鳥の案だったろうがな、道具にされた者の想いまで考えていなかったようだ」

大久保加賀守は綱吉に脅された恐怖を忘れてはいなかった。

「このまま辛抱するしかないかと思っていたところに、医者坊主の長崎行きだ。これは利用できると喜んで花押を記したわ」

暗い笑いを大久保加賀守が浮かべた。

「で、稲葉は動きましょうや」

「動くまいよ。美濃守は医者坊主を仕留めたがるだろうが、家臣どもが許すまい。すでに美濃守は隠居だ。当主でない。かつてのような無理押しもできぬ」

「では」

意味がないのではと江戸家老が主君を見あげた。

「手助けしてやればいい。こちらで人を遣い、医者坊主を襲う。美濃守どのの恨みを、代わって晴らしてさしあげようではないか」

「なるほど」

江戸家老が手を打った。

「医者坊主が小田原の藩領で襲われた。それだけでいい。医者坊主が死ねば、余の気持ちもすっきりしようが、それはおまけだ。医者坊主に手出しをした。その事実だけで稲葉家は上様の怒りを買う。さすがに春日局さまの血筋、稲葉家は潰れはしまいが、転封はまちがいなく喰《く》らうだろう。小田原からどこか僻地《へきち》へな」

「そのあとに我らが……」

「ああ。上様はお約束くださった。我が手足となるならば、先祖の地、小田原をお返しくださるとな」

大久保加賀守が告げた。

九州肥前唐津藩主《ひぜんからつ》である大久保家の祖は二代将軍秀忠《ひでただ》の寵臣大久保忠隣《ただちか》である。関東を守る要地小田原を与えられた忠隣は、秀忠の執政筆頭として幕府を動かしていた。家康《いえやす》が秀忠に将軍を譲り、駿河《するが》で大御所となっていたときである。

天下は、家康と秀忠の二人によって回っていた。とはいえ、天下人は家康である。当然、駿河から出される令が、江戸の秀忠を凌駕《りょうが》する。これに不満を抱いた秀忠は、家康の帷幕《いばく》本多《ほんだ》正純《まさずみ》を排除しようとした。だが本多正純の反撃を受け、大久保忠隣は家康の怒りを買い、改易となり井伊《いい》家預かりになった。なんとか先祖の功で大久保家は残ったが、小田原からはるかとおい九州へと移された。

「小田原に帰れれば、国元との遣り取りにかかる日数と費用が十分の一にまで減りましょう。ずいぶん藩庫が楽になりまする」

家老も喜んだ。

「本多は秀忠さまによって滅ぼされた。大久保の恨みの一つは消えた。残るは先祖の地小田原を取り戻すだけ」

政敵大久保忠隣を葬った本多正純は、家康の死後秀忠に睨まれ、宇都宮《うつのみや》釣り天井事件という濡れ衣を着せられ、改易流罪となった。

「手配をいたせ」

「ただちに」

主の命に、江戸家老が平伏した。

「罠《わな》にはめた報い、しっかり返してもらうぞ。美濃守」

大久保加賀守が、重い声で宣した。

第二章　道中風景

一

旅というのは、新しい発見と疲労を道連れにする。

「少し早いが、宿を取ろう」

良衛《りょうえい》は、初日の宿を川崎《かわさき》と決めた。

川崎の宿場は、江戸《えど》品川《しながわ》から二里半（約十キロメートル）と近い。多摩《たま》川にかかる六郷《ろくごう》大橋をこえれば、すぐであった。

「はい」

三造《さんぞう》も同意した。

「人の姿がない」

川崎の宿場で旅籠《はたご》に入った良衛は、その寂れかたに驚いていた。

「どうしたことでしょう」

三造も目を剝《む》いていた。

「訊《き》いてみよう」

良衛は興味を持って、宿の番頭を呼んだ。

「伝馬の費用が……」

番頭が続けた。

「他に六郷橋の架け替えの費用や、普請の賦役が厳しく」

川崎はのどかな農村である。だが、江戸品川との距離もそこそこあり、伝馬の重要な中継点として、幕府に選ばれていた。

伝馬は幕府の命で人やものを運ぶ、一種の賦役であった。徳川家康《とくがわいえやす》によって定められ、交通量の増加とともに、その規模は大きくなっていった。決められた数の馬と手綱持ちを用意しておき、いつでも使えるようにしなければならなかった。

川崎宿は当初三十六頭の伝馬用の馬を常備していたが、あまりに煩雑な幕府御用によって、問屋場が破綻《はたん》してしまった。

川崎宿では幕府へ、宿場町廃止の願いを出したが、聞き入れられず、逆に伝馬の馬を百頭へと増やされた。

一応、地子の免除や手当金や米の支給などの優遇は与えられたが、増えた負担にとても見合うものではなく、川崎宿は一層困窮していた。

「伝馬が増えたところに、貞享《じょうきょう》元年（一六八四）洪水で橋が流され、それを再建するためのお手伝いが……」

番頭が嘆息しながら事情を話してくれた。

「なるほどな」

旗本である良衛は慰める言葉を持たなかった。うかつな一言は幕政批判になりかねなかった。

「お旗本さまも哀れじゃと言ってくださった」

もし良衛が慰めるようなことを口にすれば、番頭が外でこう広めかねないのだ。なんとかして伝馬の賦役から逃げたい川崎宿の役人たちが、それを利用して幕府へ嘆願を出せば、良衛が咎《とが》められる。下手をすれば義父の今大路《いまおおじ》兵部大輔《ひょうぶだゆう》にまで影響が及びかねなかった。

「ご苦労だった。飯を頼む。あと、これを宿のものにな」

良衛は番頭をねぎらい、心付けを多めに渡してさがらせた。

「……若先生」

苦い顔をした良衛に三造が声を掛けた。

「わかっておる。吾《われ》も幕府の役人じゃ。おろかなまねはせぬ」

「はい。それはよくわかりましてございますする」

良衛の対応を三造は褒めた。

三造は良衛が生まれる前から仕えている小者《こもの》である。父蒼衛《そうえい》のもとで剣術を学び、医学の心得もある。お襁褓《むつ》を替えてもらったこともあり、良衛の頭が上がらない相手であった。

「今後もご自重くださいませ。この川崎以上に嫌なものを見ることもございましょう」

「ああ。わかっている」

良衛はうなずいた。

「しかし、こうも見る風景が変わるものとは思わなかった」

小さく良衛は息を吐いた。

かつて良衛は医術修業のため、京へあがったことがあった。当然のことながら、東海道《とうかいどう》を往復していた。

ただ、行きは新しい医術を学ぶ好奇心、帰りは父の体調で頭が一杯だったため、周囲の景色を見るだけの余裕もなかった。

「寝よう」

小さな宿場には、話をする医者もいなかった。なにより日が落ちれば、真っ暗なのだ。宿から出かける意味もない。

食事をすませた良衛は、夜具にくるまるしかなかった。

「お客さま、そろそろ夜明けでございまする」

旅人の朝は早い。旅籠の番頭が夜明け前に起こしに来た。

炊きたての飯に、漬けもの、蜆《しじみ》の味噌汁《みそしる》で朝食をすませ、別料金の弁当として握り飯をしつらえた良衛たちは、夜明けすぐに川崎の宿場を後にした。

「小田原《おだわら》までおよそ十七里（約六十六キロメートル）か」

良衛は三造と話しながら歩いた。

「日があるうちに行けぬ距離ではないが、翌日の箱根《はこね》越えがな」

東海道には何カ所かの難所があった。その第一が、箱根であった。箱根の峠は急な山道で、どれほどの健脚でもまる一日かかる。

「朝、小田原を出て、夕に三島《みしま》でございますか」

三造が確認した。

「ああ。小田原まで足を延ばせても、箱根はこせない。まあ、途中の湯治場で泊まるという手もあるが、旅籠ではないからな。食事は自炊になる」

湯治宿は、寝泊まりする場所を提供するだけであり、食事も夜具も自前が決まりであった。

「それは面倒でございますな」

三造が顔をゆがめた。

自炊は金が安くすむが、食事の材料を持ち運ばなければならなくなる。米や野菜はかなり重く、それを担いでの山登りはきつい。

「湯治宿でも売っているだろうが、逗留《とうりゅう》するならまだしも、一泊ではな。食材が余れば困る。持っていくわけにもいかぬし、捨てるのはもったいない」

「でございますな。行ければ、泊まりは小田原でよろしゅうございましょうが、急いで疲れては困りますな」

三造が述べた。

「疲れたならば、小田原で一日休むのもよい。難所箱根をひかえた宿場だ。さぞ繁華なはずだ。医者も多かろう」

「それもよろしゅうございますな」

良衛の案に三造も同意した。

ともに剣術の心得がある二人である。健脚といえるだけの速度で、東海道を下り、日暮れ前に小田原へ入った。

小田原宿は稲葉《いなば》家の城下町を兼ねていることもあり、東海道有数の宿場町であった。街道の脇に旅籠などが建ち並び、多くの客引きが日が落ちる前に最後の客を捕まえようと動いていた。

「夜具は綿を打ち直したところで」

「飯は炊きたてで」

「風呂の用意もできております る」

客引きが旅人の袖《そで》を引くなかを、良衛と三造は邪魔されることなく進んだ。

「禿頭《とくとう》は声を掛けにくいらしい」

大柄で坊主頭、そのくせ腰には両刀をおびている。身分がはっきりとわからないだけに、客引きたちも二の足を踏んでいた。

良衛が苦笑した。

「それに……」

ちらと良衛が背後に目をやった。

「はい」

三造も険しく眉《まゆ》をひそめていた。

「つけられているな」

「宿場に入る少し前からのようで」

三造も気づいていた。

「これでは、小田原宿を楽しむわけにはいかぬな」

「思い当たることでも」

「ありすぎるが……」

良衛が苦い顔をした。

「小田原となると稲葉美濃守《みののかみ》さまだな。堀田筑前守《ほったちくぜんのかみ》さまの刃傷でかかわりができた」

「それはまずうございましょう。ここは稲葉美濃守さまのお膝元《ひざもと》」

さっと三造の顔色が変わった。

「城下で手出ししてくるはずはない。こちらは寄合医師だぞ。いかに老中を務められたとはいえ、旗本を恣意《しい》でどうにかできるわけもない。面倒でしかないが、吾の後には大目付松平対馬守《まつだいらつしまのかみ》さまがおられるしの」

良衛は今のところ大丈夫だろうと推察した。

「もっとも箱根の山のなかまではわからぬが……」

「では……」

「宿でおとなしくしておこう。そして明日は早立ちにする」

「見張っておりましょう」

良衛の提案に三造が、早立ちしても意味がないのではと問うた。

「見張りだけならば気にせずともよいが、襲い来たとき、他の目があってはこちらも困ろう」

「……………」

良衛の言葉に含まれた意味を理解した三造が息を呑《の》んだ。

「医者だから黙って殺されてやるなどという謂《い》われはない。吾は戦場医師を継ぐ者だ」

強く良衛は宣した。

二

箱根の関所は東海道一の難所である。登り下り合わせておよそ八里（約三十二キロメートル）とさほどの距離ではないが、その峻険《しゅんけん》さが旅人を苦しめる。

「若先生、あれは」

三造が街道脇の草むらを指さした。

「黄連《おうれん》のようだな」

良衛は足を止めた。

「いただいていこう」

街道を外れて良衛は草むらへ踏みこんだ。

「では」

三造が背負い荷物から鉈《なた》を取り出し、先を使って地面を掘り始めた。

「かなり大きゅうございますぞ」

掘り出した黄連の根を三造が差し出した。

「うむ」

満足だと良衛はほほえんだ。

「陰干しにして砕き、煎《せん》じれば胃腸の妙薬になる」

良衛はていねいに黄連の根を懐紙で包んだ。

「あれは杜仲《とちゅう》だが、皮を剝《は》がねばならぬゆえ、あきらめるしかなさそうだ。鎮痛によく効くのだが……」

少し先の山林を見た良衛は、残念だと言った。

「参りましょう。あまり大量に採取すれば重くて、山登りが辛《つら》くなりましょう」

未練がましく周りを見ている良衛を、三造が促した。

「ああ」

良衛がうなずいた。

箱根だけでなく、旅路の山林は薬草の宝庫であった。もちろん、栽培用に作られた薬草園とは違い、種類もまちまちで量も少ないが、放置するにはもったいない。

なにせ、ただなのだ。

採取したあと、洗って陰干しするなどの手間はかかるが、それに見合うだけのものはあった。

幕府から長崎《ながさき》留学の費用は出ている。とはいえ、これは長崎までの旅費、現地での宿代、購入した医学書などの代金と、使用に限度があった。

生活費は自前であった。

当たり前である。良衛には二百俵とはいえ、禄《ろく》が支給されている。旗本はその禄で生活するのが決まりであり、役目に伴う費用以外は自弁しなければならなかった。

もちろん、江戸に残した家族の生活もある。江戸と長崎、二重生活は金がかかる。まして、江戸で開業医をし、その治療費で生活を補っていた矢切《やきり》家が、診療所を閉じた。収入は激減といっていい。

どう考えても長崎での生活は厳しいものにならざるをえない。それを少しでも楽にするには、現地で医者をするのが最良であった。

道中での薬草集めは、長崎での余裕のため、そして跡を付けてきている気配への誘いであった。道をそれて、わざと他人目《ひとめ》のない状況を作り、襲ってくるのを待っていたが、結局、関所までなにもおこらなかった。

「隅へ寄れ」

箱根の関所前で、六尺棒を持った小田原藩の足軽が、やってくる旅人を片方へ寄せていた。

「寄合医師矢切良衛でござる。長崎へ医術修業に参りまする」

「幕府お医師さまでございまするか。こちらへ」

名乗った良衛を、足軽がていねいに案内した。

「……………」

ずらりと並んでいる旅人を尻目に、良衛は関所の建物へと進んだ。

「関所番頭の関根伊蔵《せきねいぞう》でござる」

一段高い板の間中央に座っていた壮年の武士が、先に名乗った。

「寄合医師矢切良衛でござる」

受けて良衛も応《こた》えた。

箱根の関所は当初幕府直轄で、江戸から旗本が番頭として派遣されていた。だが、天下が泰平になり、箱根をこえて関東へ進軍しようという大名もいなくなったことや、遠方へ旗本を派遣する手間が大きいなどもあり、関所はときの小田原城主に預けられるようになった。

一応関所役人は幕臣に準ずる権威を持つが、陪臣には違いない。幕府医師の矢切良衛よりは格下になる。先に名乗ったのは、その遠慮の表れであった。

「お通りあれ」

関根が促した。

これだけであった。関所は庶民の通行にはうるさいが、武家には甘い。姓名と所属している藩の名前、目的地を言うだけですんだ。

ましてや切良衛は幕府医師という旗本である。目的地を問われることさえなかった。

「かたじけない」

一礼して、良衛は関所を後にした。

「あっさりしたものでございますな」

良衛の供として、通行を許された三造が感心していた。

「箱根の関所はなかなかにうるさいと聞いておりましたが……」

「関所は御上が設けたものだからな。旗本には甘い」

良衛が苦笑した。

「しかし、よろしいのでございましょうか。若先生が寄合医師だという証《あかし》を調べもしませんでしたが」

「あれでよいのだ」

懸念を口にした三造へ、良衛は告げた。

「旗本は気位が高い。同じ旗本に言われるならばまだしも、小田原藩士に厳しく詮《せん》議《ぎ》されては不愉快になるだろう」

「はあ」

三造が相づちを打った。

「箱根の関所で気を悪くした旗本が、江戸城中で、小田原藩主に関所は、なかなかに厳しいことでと皮肉の一つでも言ってみろ」

「箱根関所番の首が飛ぶと」

三造が理解した。

「ああ。多少、疑わしいと思っても、一人二人通したところで、どうということがあるわけでない。盗人が旗本や武家になりすましたところで、関所にかかわりはない。町奉行の任だからな、盗賊の捕縛は」

「…………」

良衛の話に三造があきれた。

「おのれの責にならねばいい。これが今の風潮だ。嘆かわしいことだがな」

小さく良衛も嘆息した。

「医者はそうは参りませぬ」

「ああ。だが、最近では手遅れ医者というのも出てきているという」

「患者を診るなり、手遅れだと宣告するというやつでございますな」

三造も医者の小者をしているだけあって、耳にしていた。

「手遅れだと最初に言っておけば、治したら名医と評判になる。たとえ死んでも、手遅れだったからと家族も納得する。悪評が立たぬよい方法だな」

「患者はたまりませんが」

「たしかにな」

良衛も三造に同意した。

「そういったろくでもない医者をどうにかできぬのでございますか」

不意に後から涼やかな声がした。

「……誰だ」

良衛は振り向いた。

「いきなりご無礼をいたしました」

一間（約一・八メートル）足らずのところに、妙齢の女がいた。

「…………」

口には出さなかったが良衛は驚いていた。まったく足音も聞こえず、気配を感じられなかった。

「そなたは」

「板尾幾《いたおいく》と申しまする」

武家の流儀にそった形で女が頭をさげた。

「矢切良衛でござる。これは供の三造」

良衛も名乗った。

小者である三造は自ら名乗りをあげないのが決まりである。

「ぶしつけなまねをいたしましたこと、重ねてお詫《わ》びいたしまする」

幾がもう一度詫びた。

「それはいいが、話を聞いておられたのか」

「はい。つい耳に入ったもので」

確認された幾が認めた。

「それは咎め立てできぬな。ここは天下の往来だ」

良衛は苦笑した。

「よろしければ、ご同道願えましょうや。お話の続きもお聞かせいただきたく存じまする」

幾が同行を求めた。

「お連れは」

良衛は周囲を見た。

東海道は人通りも多く、治安もいいが、さすがに若い女が一人旅できるほどではなかった。普段はおとなしい駕籠《かご》かきや、荷物持ちの人足が、女一人と見ると豹変《ひょうへん》することとも多い。良衛の疑問は当然であった。

「わたくしの顔に見覚えはございませぬか」

幾が首をかしげて見せた。

「そなたほどの美形を忘れることはないと思うが……」

言われて良衛が幾を見つめた。

「ふうむ。見たような気がするが……どこで会ったかの」

「大奥七つ口でございまする」

「……大奥だと」

幾の答えに良衛は絶句した。

「御広敷伊賀《いが》者板尾弥一郎《やいちろう》の妹、幾でございまする。大奥で先日まで使番をいたしておりました」

「伊賀者……」

さらに良衛は驚愕《きょうがく》した。

「若先生」

三造も目を剥《む》いていた。

「なにをしに来た」

良衛は刀の柄《つか》に手をかけはしなかったが、いつでも対応できるようにと、膝を柔らかくした。

「ご警戒なさるのも無理はございませぬ」

幾が首肯した。

「じつは、矢切さまが大奥でなにを摑《つか》まれたのか、調べて参れというご依頼がございました」

「依頼だと。御広敷伊賀者に探索御用を命じられるのは、上様、あるいはお側御用人だけのはず」

良衛は緊張した。

「御上の御用ではございませぬ」

はっきりと幾が否定した。

「御用ではない……伊賀の私《わたくし》か」

一層良衛は表情を険しくした。

石蕗《つわぶき》の父の一件は襲われたうえでの返り討ちである。良衛になんの問題もない。たとえ評定所に呼び出されたとしても、堂々としていられる。

しかし、それは法の理であり、人の心の機微ではない。こちらが悪いとわかっていても、親を子を妻を殺された者は恨みを持つ。

「伊賀は私で動きませぬ」

幾が首を左右に振った。

「ではなんだ」

「依頼してきたのがどなたさまかをお教えすることはできませぬ。口止めされているのではありませぬ。わたくしが報《しら》されていないだけでございます」

初めに幾が釘《くぎ》を刺した。

「知らなければ、どのような責め苦を受けてもしゃべれぬということか」

良衛は伊賀のすさまじさに嘆息した。

「伊賀はその成り立ちのころから、金で忍の技を売っておりました。今回もそれでございまする」

淡々と幾が説明した。

「そのような勝手なことを御上が許されるとは思えぬ」

聞いた良衛は唖然《あぜん》とした。

幕府の隠密《おんみつ》が金をもらえば、商家の帳簿を調べ、大名の睦言《むつごと》を聞く。これを認めては幕府の御用に差し支える。

「もちろん闇でございまするが、これをいたさねば食べていけぬので。御上より暗黙のお許しを得ておりまする」

「薄禄……」

生活できないと言われては、良衛に返す言葉はなかった。

「ではなぜ、愚昧《ぐまい》に正体を明かした」

良衛は尋ねた。

「矢切さまには、正直に話せと頭から」

じっと幾が良衛を見つめ返した。

「むうう」

良衛は唸《うな》った。

大奥で良衛が見聞きしたことを、知りたがる者がいる。それは良衛にもわかっていた。

政《まつりごと》というのは、かならずどこかに闇を抱える。それが金のときもあれば、女のこともある。良衛は今大路兵部大輔の引きで表御番医師となって以来、城中での醜い権力争いを嫌というほど見てきた。その極致が大老堀田筑前守正俊《まさとし》の刃傷であった。譜代とはいえ新参の堀田家と従来の名門たちが、水面下で権力の綱引きをした末の悲惨な結果である。

権力を握る。思うがままに天下を操る。その魅力はたやすく人を虜《とりこ》にし、狂わせていく。一つでも階段を上に上りたい。そのためには、どのようなものでも利用する。これが政の一面であった。

「頭はなにか言っていたか」

「伊賀には矢切さまへの借りがあるとのこと」

さらに訊いた良衛に、幾が隠さず語った。

「それに調べるといっても、わたくしどもに矢切さまの心のなかまで読みとる術《すべ》はございませぬ。それこそ、矢切さまが語ってくださるのを待つしかない。姿を隠し、宿の天井裏、床下に潜んでいても、かならず聞こえるとはかぎりませぬ。ならば、お目にかかり、お話をお願いしたほうが早いと判断いたしました」

幾が経緯を述べた。

「なんと言えばよいのか」

良衛は返答に困った。

「若先生、あまり立ち止まっていても」

男と女が立ち話をしているだけで他人目を引く。まして、娯楽などないにひとしい街道筋である。すでに数人の旅人が足を止めて、こちらを窺《うかが》っていた。

「たしかにの。行こう」

良衛は三造の意見に従った。

「ごめんくださいませ」

同行を許すと言った覚えはない良衛のすぐ右後ろに、幾が位置を占めた。

「さきほどのお話の続きをお聞かせくださいまし」

すぐに幾がねだった。

「随分と性急だな。もう、大奥でのことを聞きたいのか」

厚かましいと良衛はあきれた。

「それを教えていただけるとありがたいとは存じますが……」

幾が続けた。

「まずは、質の悪い医者をどうこうするといったことのほうを」

「そちらか」

良衛は拍子抜けした。

「是非、お願いをいたしまする」

幾が頭をさげた。

「どうもできぬのだ。後医は前医の批判をしてはならない。これが医師の不文律だからな」

「…………」

戸惑った顔を幾がした。

「わからぬか。患者を後から診た医師は、今まで治療を続けてきた他の医師の診立てに異を唱えてはならないのだ」

「なぜでございましょう。まちがいはっきりさせるべきではございませぬか」

砕いた内容を理解した幾が怪訝《けげん》な表情を浮かべた。

「患家の不満を呼ぶだけだからな」

良衛が核心を言った。

「まちがった医療を受けてきた。診立てがまちがっていた。どうとっても、患家に医術への不信感を抱かせるだけだ」

「ですが、それでは患家は哀れすぎましょう」

幾が不満を口にした。

「たしかにそうなのだがな。医術というのは難しい。何年修業したところで、納得はいかぬ。病の数は多く、罹患《りかん》した患家によって症状も治療法も変わる。たぶん、一生掛けても医の真理には届くまい。それほど奥が深い。医者さえ理解できているとは限らぬものを、患家にどうやって納得させる」

「それは……」

「本来ならば、十分な説明をして、どういう状況か理解させたうえで治療する。それが正しいだろう。だが、人体の構造さえ見たことのない者に、どうやって話を伝える」

「…………」

良衛の言葉に幾が黙った。

「患家に正確な病状をわからせるためには、施術する医師と変わらぬくらいの心得が要るのだ。患家が医師としての修業が終わるまで待っていては、手遅れになる」

顔をゆがめながらも良衛は語った。

「理想は、患家に現状を理解してもらい、家でできることをしてもらう。我慢するものは我慢し、しなければならないことをしてもらう。わかっていれば、やる気も出る。だが、そこまでもっていけないのが現実だ」

「現実……」

　幾が小さく繰り返した。

「ならば次善として医師を信頼してもらうしかなかろう。信頼していれば、こちらの指示に従ってくれる」

「はい」

「その信頼を崩すことになるのだ。後医が前医を批判すれば、患家の信頼はなくなる。それがまちがった治療を繰り返した前医だけに向けられるならまだいい。だが、まともな治療をしようとしている後医にまで疑いをもてばどうなる」

「指示に従わなくなりましょう」

　問いかけられた幾が答えた。

「あれを食べてはいかぬ。酒は飲むな。煙草は吸うな。いろいろな規制を受け付けなくなる。だけならまだしも、薬さえ飲まなくなるかも知れぬ。そうなれば、治る者まで治らぬであろう」

「医術への信頼こそ大事だと」

良衛は首肯した。

「ああ」

「本当は、まず、医師の技量をあげるところから始めねばならぬ。医者がちゃんと病を知り、己を理解していれば、患家は治る。いや、死病もあるゆえ、絶対とは言えぬが、ましにはなる」

「己を知る……」

「そうだ。己の持っている技術、薬で治るかどうかを見極める目を持ち、無理だとわかった段階で、治せる医師に患家を託す。それができるだけでかなり話は違ってくる。だが、現実は……」

良衛が口ごもった。

医者は法外の官と言われていた。これは僧侶《そうりょ》と同じで俗世にかかわらぬのを前提としているため、身分に関係なく職に就けるということである。

つまり、昨日まで大工だった、無職だった、商売人だったという者が、翌朝、頭を剃《そ》り、薬箱を抱えれば、医者と名乗っても問題ないのだ。

人の多い江戸では、医者の需要はある。こういった喰《く》えないから、金になるからと医者にでもなろうかという連中は後を絶たない。

「おっしゃりたいことはわかりましたが、それでは腕の悪い医者をかばうことになるだけではございませんか」

「………」

今度は良衛が黙る番であった。

「……言われるとおりだが、現状、どうしようもない」

苦渋に満ちた顔で良衛は言った。

「御上が医者に免許でも出さねば、根絶は難しい。もっとも免許を持っても、修練を重ねない医者は出るだろうが」

「不幸は患者だけでございまする」

幾が冷たい声を出した。

「では、どうやっていい医者を見分ければよいのでございましょう」

「評判しかないな」

良衛は答えた。

「近所での評判がよければ、まず大丈夫だ」

「薬代が高い医者は、悪くございませんか」

続けて幾が訊いた。

「さすがに大黄《だいおう》に一両とか法外な料金を請求するのは論外だが……」

大黄は下剤である。よく使用されることもあるが、なにより手に入りやすいので、仕入れ値は安い。

「人参《にんじん》とか、宇無加布留《うにこうる》とか、手に入れるだけで数十両飛ぶ高貴薬だと、それなりの金額になるからな」

高いのが悪いわけではないと良衛が告げた。

「若先生、三島の宿場が見えて参りました」

三造が指さした。

「そろそろでございますね」

幾が告げた。

「わかっていたのか」

「あのていどの気配を読めぬならば、伊賀者として失格どころか、子供にも劣りまする」

良衛の確認に幾が述べた。

「お許しいただければ、わたくしが……」

幾が声から感情を消した。

「かかわりのないそなたに押しつけるわけにはいくまい」

「恩に感じていただければ……」

あっさりと幾が告げた。

「そうもいかぬでな。では、ちと外れるか」

薬草採取の振りをして、良衛と三造は街道を外れた。

「裾《すそ》が濡《ぬ》れまする」

文句を言いながらも、幾も付いてきた。

三

箱根の峠道を少し離れると、木々や笹ですぐに見えなくなる。

「ここらでよかろう。いい加減うっとうしい」

良衛は後を振り向いて声をあげた。

「……気づいていたか」

がさがさと音を立てて、下草を揺らしながら三人の武家が姿を現した。

「誰だ」

「言うはずなかろう」

誰何《すいか》した良衛に、三人の先頭に立っている壮年の藩士風の男が応えた。

「稲葉の家中か」

「さての」

壮年の武家がとぼけた。

「愚昧を寄合医師矢切良衛と知ってのうえか」

「ふふふ」

確認した良衛に、壮年の武家が笑った。

「無駄な会話は止めよう。日が落ちてしまえば、このあたりは真っ暗になる。遭難したくはない」

壮年の武家が話を終わらせた。

「女も殺すのか」

後にいた若い武家が訊いた。

「生き証人は不要だろう」

壮年の武士が答えた。

「わかった」

あっさりとうなずいた若い武士が刀を抜いた。

「若先生、わたくしが」

三造が前にでようとした。

「無理するな。三造は人を殺したことがないだろう」

「それは……ですが、若先生に危ないまねを」

三造が健気《けなげ》に言った。

「大丈夫だ、このていどの輩《やから》ならば怪我もせぬわ」

「言ってくれる」

「…………」

「生意気な」

良衛の嘲弄《ちょうろう》に、三人の武家がそれぞれに憤った。

「医者だからと慈悲を期待するな。戦場医師は、敵を殺し、味方を生かすのが仕事だ」

「坊主がなにを……」

怒りのまま若い武家が斬りかかってきた。

「足下に気を付けたほうがいいぞ。蝮がおるやも」

「えっ」

良衛に指摘されて、若い武家が一瞬目を落とした。

「愚か者」

情け容赦なく良衛は太刀を抜くなり、突き刺した。

「……………」

胸を貫かれて若い武家が即死した。

「こやつ……」

「卑怯《ひきよう》な」

残った二人が唖然とした。

「真剣での戦いに卑怯もなにもない」

冷たく良衛が反論した。

「おい」

「ああ」

二人の武家が顔を見合わせて、左右から良衛を挟むように間合いを詰めてきた。

「馬鹿も極まれりだな」

「でございますね」

あきれた良衛に幾が同意した。

「なんだと」

左手にいた武家が激した。

「……………」

仲間の大声に、右手の武家の注意が一瞬向いた。

「ふっ」

幾が小さな息を吐いて、右手を振った。

「ぐああ」

右手の武家の頰に棒手裏剣が刺さっていた。

「女は非力でございます。一撃必殺とは参りませんでした」

幾が恥じた。

「いい判断と思うぞ。胸を撃てれば必殺だろうが、衣服は以外と強い。手裏剣では貫き切れぬかも知れぬ」

良衛が述べた。

「お褒めにあずかり、畏《おそ》れ入りまする」

幾が軽く頭を下げた。

「きさま……」

左手の武家が一気に襲いかかってきた。

「おうよ」

山で足下が悪い。良衛はかわさず、受けた。そのまま鍔迫《つばぜ》り合いになった。

「この……」

のしかかるように壮年の武家が圧をかけてきた。

鍔迫り合いは間合いがないに等しい。ちょっとしたことで相手の刃《やいば》を受けることになる。気を抜くことはできなかった。

「ぬん」

良衛も押し返した。

体格でいけば、良衛が優《まさ》る。しかし、壮年の武士の膂力《りょりょく》も良衛に劣らなかった。

「ぐうう」

足場が悪くなければ、鍔迫り合いは難しいものではない。力が強い、体重が重い、いなしかたがうまいのどれかで勝てる。しかし、山中で木の根が自在に走っているところである。相手の力をいなそうと足を動かし、引っかければそれで負ける。

「我慢比べだな」

「……黙れ」

良衛と壮年の武家が太刀を押し合った。

「こいつめ」

そこへ三造が突っこんできた。

「ぎゃあぁ」

良衛との力比べに必死になっていた壮年の武家は防ぐこともかわすこともできず、右脇腹を深く裂かれて崩れた。

「……三造」

血まみれの道中差を握りしめている三造に、良衛は目を見張った。

「よくやってくれた」

良衛はそっと近づいて、三造の手を握った。

「わ、若先生……」

三造が泣きそうな顔をした。

「助けてもらったな」

良衛は三造の手から道中差を取った。

「ありがとう」

良衛は深く頭を下げた。

「あ、え、若先生があぶないと思ったら、身体が勝手に……」

三造があわてた。

「わああ」

残った一人が逃げ出そうとした。

「甘いことを」

冷たく言った幾が、もう一本の手裏剣を撃った。

「……………」

盆の窪《くぼ》に手裏剣を受けて、最後の一人が死んだ。

「お見事だな」

「いえ。後ろならば、女の力でも十分で」

幾が倒した武家のところへ近づき、手裏剣を回収した。

「なくすと叱られまする。手裏剣は高いので」

倒れている武家の衣服で、幾が手裏剣を拭《ぬぐ》った。

「なんともはや、忍というのは……」

それを見た三造があきれた。

「……若先生」

幾から目を背けた三造が、良衛を見て息を呑んだ。

「…………」

良衛は壮年の武士の身体をあらためていた。

「月代《さかやき》が剃りたてだな。どころか、何ヵ所も剃刀《かみそり》の傷がある。これは月代を伸ばしていたのを最近剃ったと考えるべきだろう。衣服は垢《あか》じみてはいないが、なんとなく身にそぐわないな。太刀は安物で手入れもあまりよくない……懐に財布はあるが、身許《みもと》を示すものはない。金は二両と小銭。結構な金額だな」

「なにをなさっておられますので」

三造が訊いた。あまりのことに、初めて人を殺した衝撃は三造から薄らいでいた。

「何者か知れぬかと思ったが、無理だったたな。そちらはどうだ」

「こちらも名を示すようなものはございませぬ。持ち金は二両と小銭」

良衛に問われた幾が答えた。

「同じだけの金か。いささかみょうだな」

報告に良衛が思案した。

「浪人を藩士に仕立てて使った……」

幾が呟《つぶや》いた。

「なんのために……」

三造が啞然とした。

「稲葉家に罪をなすりつけるというところか。であれば、このていどの腕の者を送りつけてきた理由もわかる」

良衛が口にした。

「矢切さまを死なせる気はなかったと」

「であろうな。吾を生きた証人としたかった。そう考えればつじつまもあう」

確かめた幾に、良衛は首肯した。

「いったい誰が、なんのために……」

「さあな。そのあたりはもっと偉いお方に考えていただくしかなかろう」

幾の疑問に良衛は首を左右に振った。

「ご報告は……」

「せぬ。余分な仕事が増えるのはこりごりだ。なにより思惑にまるまるのせられるのはいい気がしないでな」

良衛は大目付松平対馬守にこのことを報せないと言った。

「さて、急ごうか。暗くなっては面倒だ」

良衛は二人を促した。

「では、わたくしはここで」

三島宿の手前で幾が足を止めた。

「もうよいのか」

肝心の大奥の話をしていない。別れを口にした幾に、良衛は首をかしげた。

「今日のところはこれで。ごめんくださいませ」

一礼して幾が離れていった。

「明日《あした》もつきまとうようでございますな」

三造があきれた。

「仕事だからな。しかたあるまい」

良衛も嘆息した。

四

翌朝、幾はしっかりと三島宿を出たところで待っていた。

「からまれている……」

見れば幾の側に駕籠かき二人が立っている。良衛は思わず足を速めた。

「なあ、姉さんよう。次の宿場まで乗っていきな。安くしとくぜ」

「不要だと申したはず」

幾が厳しくはねのけていた。

「しっかしよお、そんな細い足じゃ、何里も行かないうちにへたってしまうぞ。そうなってから、ああ、あの親切な駕籠かきさんの言うとおりにしておけばと思っても遅いんだ」

駕籠かきが下卑た笑いを浮かべた。

「…………」

幾が無視した。

「なあ、相棒。どうもこの姉さんは、代金がどれくらいだかわからないので怖がっているんじゃねえか」

「たしかにな。どうだ、相棒、思いきって安くしてあげては」

駕籠かき二人が顔を見合わせた。

「それに沼津《ぬまづ》までの一里半（約六キロメートル）じゃ、近すぎるだろう」

「だな。思いきって吉原《よしわら》の宿まで六里（約二十四キロメートル）を二朱で行こうじゃねえか」

二朱は一両の八分の一、銭にして七百五十文ほどでしかない。たしかに格安であった。

「どうだい、これなら乗るしかないだろう」

小太りの駕籠かきが、幾へ迫った。

「………」

幾は目も合わさなかった。

「この女《あま》、こちらがおとなしい間に言うことを聞いておけば……」

背の高いほうの駕籠かきがついに辛抱できなくなった。

「若先生」

三造がどうすると良衛を見た。

「放っておいて大事ない。幾の身体に緊張は見られない。昨日より二寸（約六センチメートル）ほど身の丈が小さく見えるのは、膝と腰の力を抜いているからだろう。あの若さで、しかも女の身であれだけの自然体ができるとは……吾よりも上だぞ」

良衛は感嘆した。

「でございますか……」

そこまで見抜けなかったのか、三造が困惑した。

「いい加減なんか言えやあ」

ついに切れた小太りの駕籠かきが、幾の肩に手を伸ばした。

「なにをする。矢切さま」

不意に幾が大声をあげて、良衛へ助けを求めた。

「な、な……」

不意のことに良衛は絶句した。

「あん、なんだあ」

「連れがいやがるのか」

女の悲鳴に駕籠かきがそろって振り向いた。

「なんだてめえ」

小太りの駕籠かきが良衛を見つけて、凄《すご》んだ。

「なにを考えている」

良衛はあきれながら幾に問うた。

「助けていただきたく」

幾がためらいなく言った。

「おい、坊主。坊主が女と道行きなんぞ、問屋場に知れれば、どうなるのかわかっているんだろうな、女犯《にょぼん》は罪だぞ」

背の高い駕籠かきが、今度は良衛を脅しにかかった。

「剃髪《ていはつ》しているが、あいにく僧侶ではなく、医者だ」

良衛は僧侶との認識を否定しておいた。誰が見ているかもわからないのだ。身分を証《あか》せば、すぐに解決することだが、それでも余計な手間を掛けさせられる。なにせ、宿場の問屋場ていどでは、幕臣をどうこうできるはずもなく、領主の判断を待つことになる。その間、足止めを喰うことになる。

「医者だあ、女犯の坊主は、いつもそう言うようだぜ」

小太りの駕籠かきが下卑た笑いを浮かべた。

寺院を修行、供養の場から引きずり下ろしたのは徳川家康であった。キリシタンへの監視を強めるため、徳川幕府はすべての人に菩提寺《ぼだいじ》を持たせた。いわば、菩提寺に戸籍を預けたのだ。

お経を読み、思索をくりかえすだけの信仰から、寺院はキリシタン対策の拠点へと変貌《へんぼう》させられた。

俗世との結びつきが強固になった。これは功罪を持っていた。寺社との距離が近づいたおかげで、寺子屋などの学問の場が生まれ、庶民の学力が底上げされた。一方で、修行を重ね、高みに上るべき僧侶が墜《お》ちた。精神ではなく物質に親しんでしまい、酒を飲み、女を抱く破戒僧が増えた。

その破戒僧が遊里に通うとき、同じ剃髪をしている医者を騙《かた》った。それを駕籠かきは皮肉ったのだ。

「なんなら、医者だと教えてやっても良いぞ、おまえたちの身体でな」

良衛も手早く片を付けようと考え、駕籠かきを挑発した。

「なんだとお」

「やっちまえ。問屋場は、どうせ見て見ぬ振りだ」

いい加減、幾の態度で頭に血の上っていた駕籠かき二人である。あっさりと挑発に乗った。

問屋場は幕府の求めに応じて、無償で人手を出さなければならない。その人手となるのが、近隣の百姓、宿場を根城にしている駕籠かき、馬引きたちである。幕府から人足、馬の手配を命じられたとき人が集まらなければ、問屋場の責任になる。旅人と駕籠かき、馬引きらとのもめ事に問屋場は、口出ししないのが通例であった。

杖《つえ》を棒のように振り回しながら駕籠かき二人が、良衛に襲いかかった。

「はああ」

大きくため息を吐いた良衛は、一歩踏みこみながら、腰を落とし、背の高い駕籠かきが出した最初の一撃をかわした。

武術の心得などなく、度胸と膂力に頼っただけの攻撃など、良衛にとっては子供が棒を振り回しているのと大差なかった。

二人で駕籠の先棒、後棒を務める二人の息は合っていたが、体格の差はいかんともしがたい。背の高い方の杖がどうしても先になる。小太りはその一撃が当たるかどうかを確認してからでないと攻撃に移れない。下手をすれば、仲間を叩《たた》いてしまうからだ。

「えっ」

今までの経験から、絶対の自信を持って繰り出した一撃が手応えなく外され、したたかに地面を打って背の高い駕籠かきが啞然となった。

「愚かな」

戦いの場で気を抜くなど、殺して下さいというのと同じであった。良衛はためらうことなく、屈《かが》んだ目の前にある背の高い駕籠かきの左臑《すね》を蹴《け》り飛ばした。

「……ぐぎゃあ」

臑の骨は太いものと細いものの二本からなる。良衛の一撃は、その両方を破壊した。壮絶な悲鳴をあげて、背の高い駕籠かきが崩れ落ちた。

生木がへし折れるような感触を足の裏に感じながら良衛は、動きを止めなかった。膝をたわめたままで、身体を左へと寄せ、小太りの駕籠かきに向かった。

「鶴《つる》……」

仲間の状況に戸惑い、杖の止まっている小太りの駕籠かきへ良衛は遠慮なく拳《こぶし》を打ちこんだ。

「ぐえええええ」

鳩尾《みぞおち》を強く打たれた小太りの駕籠かきが、腹中のものを胃液ごと吐き出し、そのまま倒れた。

「お見事でございまする」

いけしゃあしゃあと幾が褒めた。

「そな……」

文句を言いかけて良衛は口を閉じた。良衛の腕を見るためのものだと気づいたからだ。

「お医師とは思えぬ、身のこなしでございまする。剣がお得意なのは、昨日拝見いたしましたが、人を殺さぬ技もお使いになれるとは」

幾が感心していた。

「あやつは二度と駕籠をかけますまい。こちらは当分飯も喰えませぬな」

背の高い駕籠かき、小太りの駕籠かきと目をやった幾が的確に見抜いた。

「何度も言うように、矢切は戦場医師だからな」

良衛は歩き出した。

いかに雲助に近い駕籠かきとはいえ、二人をしばらく動けないほど痛めつけたのである。まちがいなく問屋場の足止めを喰らう。面倒を良衛は嫌った。

「戦場医師でございまするか」

「そうだ。名のある将のように医師の治療を受けられぬ足軽や徒侍《かち》のなかから生まれたのが戦場医師。矢切家は代々その技を継いでいる」

問うた幾に良衛は簡単な説明をした。

「…………」

幾が黙った。

「三造、今日は薬草摘みをせぬ。できるだけ早く三島から離れておきたい」

三島と沼津は、近い。もし、三島の問屋場から早馬でも出れば、沼津で捕らえられることにもなりかねなかった。

「へい」

首肯した三造も足を速めた。

「用心深いのも戦場医師の心得でございまするか」

大の男二人の早足に、幾はしっかりついてきていた。

「戦場医師でなくとも、用心は要るだろう」

良衛はあきれた顔で、幾を見た。

「しかし、そなたは、愚昧になにをさせたいのだ」

「昨日申しましたとおり、大奥でなにをお知りになったのか、それを教えていただきたく」

もう一度問うた良衛に、幾が答えた。

「では、なんのために駕籠かきをけしかけた」

良衛は低い声を出した。

「戦いほど、人の本質を見せてくれるものはございませぬ」

「……むう」

幾の言葉に良衛は反論できなかった。

「では、愚昧の本質はどうだったのだ」

「勇猛果敢なれど、冷静沈着」

良衛の質問に幾が告げた。

「ためらいなく相手を倒す。ながら、怒りに任せ殺すことはなく、相応な報いを与える」

「褒めすぎだな」

幾の評価に良衛はなんともいえない顔をした。

「戦いになれば、ためらったほうが負ける。そして泰平の世で人を殺すわけにはいかぬ。もっとも、己の命とは引き替えにできぬゆえ、そのときは遠慮せぬがな」

「それだけの判断ができ……」

幾の声音が真剣なものに変わった。

「人を生かすこともでき、殺すこともできる医師」

「生かすことができるか。そうなればいいと思っているが、難しいな」

良衛は右手に目をやった。

「富士山《ふじ》のように、ただそこにあるだけで、人に安心感を与える。そういう医師になりたいものだ」

「…………」

幾は反応しなかった。

五

幕府の医療は典薬頭《てんやくのかみ》の所管であった。

典薬頭は今大路と半井《なからい》の両家が世襲し、それぞれに薬草園が預けられていた。薬草園を預けられ、医師の頂点にある。さらに、半井、今大路はともに、戦国の終わりに希代の名医とうたわれた曲直瀬《まなせ》道三《どうさん》の流れを汲《く》む名門であった。

まさに医師として誇るべき血統であったが、それだけである。典薬頭には将軍家などの治療が許されていなかった。

どころか、毎朝おこなわれる奥医師たちによる将軍家の診察結果と治療方針を決める会合に出席さえできないのだ。

「名医は世襲では生まれぬ」

徳川家康は、幕府の医師団を構成するとき、苦労なく家を継ぐ子孫たちの劣化を見抜いていた。苦労して学ばなくとも、将軍の侍医になれる。そう思われては、まずい。技術の未熟な医者にかかる。これは将軍にとって戦場よりも危険であった。

将軍を世襲制にしておきながら、家康は世襲の恐ろしさを知っていた。

「医師どもを管轄し、医術の研鑽《けんさん》を進めさせよ」

幕府は典薬頭に、実務ではなく管理を任せた。

医師最高の地位にありながら、将軍どころか、その一門の治療さえ認められない。その矛盾が、典薬頭の両家を蝕《むしば》んでいた。

「儂《わし》が出られるならば、腕の良い医者を一族に取り込み、奥医師にすればいい」

典薬頭の一人今大路兵部大輔は、己が研鑽を積んで名医となり現場復帰するよりも、すでに名の聞こえている若手の医者を身内に取りこむという方法をとった。

それが良衛であった。和蘭陀《オランダ》流外科術の継承者杉本忠恵《すぎもとちゆうけい》、天下の名医名古屋玄医《なごやげんい》、その二人の高弟だった良衛に、妾腹の娘を押しつけ、表御番医師に送りこんだ。

それに対し、もう一人の典薬頭半井出雲守《いずものかみ》は、逆をいった。

「新薬を手に入れて、名医という名を恣《ほしいまま》にし、吾が将軍家侍医となる」

半井出雲守は、天皇家の侍医だった昔を再現しようと考えていた。

「真田《さなだ》、あの者はまちがいなく江戸を出たのであろうな」

「はい。品川まで見送りましてございまする」

主《あるじ》半井出雲守から訊かれた用人の真田がうなずいた。

「ならばよいが……江戸で捕まるようなまねをされては困るぞ。聞けば、矢切めは町奉行所に盗みの被害を届け出たというではないか。表御番医師の屋敷に入りこんで、薬を盗んで逃げたとなれば、町奉行所も面目をかけて捜す」

膝の上に置いた手を小さく動かしながら、半井出雲守が苛立《いらだ》った。

「厳しく念を押しましたゆえ、大事ないかと」

安心してくれと真田が、主君を宥《なだ》めた。

「本当に名古屋へ向かったのか」

「……そう仰せられましても」

しつこく繰り返す半井出雲守に、真田が不安な顔をした。

「吉沢《よしざわ》は江戸者だ。名古屋に顔見知りなどおるまい。知らぬ土地へ行くのは、誰しも不安なものだ。旅の途中で嫌気が差して……」

「…………」

主君の危惧《きぐ》が、真田にも伝染した。

「いかがいたしましょう」

「任せる」

尋ねた腹心に、主君は一言で答えた。

「任せると仰せになられても……」

真田が困惑した。

「二度とあの男のことで、余をわずらわしてくれねばよい」

「それは……」

直接口にはしていないが、なにを命じているかは一目瞭然《りょうぜん》であった。

「もし、言われたとおり名古屋へ行っておとなしくしておりました場合はいかがいたしましょう」

「江戸へ戻って来るならば、同じじゃ。江戸へ帰って来ぬというならば、話は別だが、口約束などなんの意味もない。証文を書かせたところで、効力は怪しい」

「では、どうあっても」

「よいな」

そう言うと半井出雲守が、食いさがる真田から顔を背けた。

「……失礼をいたしまする」

出ていけとの合図とわかっている真田が、半井出雲守の前からさがった。

「むう」

用人部屋へ戻った真田が唸った。

「始末を付けよと言われてもなあ」

真田が嘆息した。

「吉沢がまだ江戸にいるなら、どうにでもできようが……」

難しい顔を真田はした。

吉沢は半井出雲守が今大路兵部大輔の娘婿矢切良衛の弱みを握るために、送りこんだ細作《さいさく》であった。

良衛の弟子となりおおせた吉沢は、天下の秘薬宝水《ほうすい》を目の当たりにした。宝水はオランダから日本へ持ちこまれたばかりの新薬で、長崎奉行とつきあいのあった杉本忠恵のもとへ送られた。それを良衛はひとかけらもらって所持していた。

宝水は強力な睡眠薬であった。痛みを感じなくなるほど深く眠らせる宝水を、鎮痛剤と勘違いした半井出雲守は、その奪取を吉沢に命じた。

将軍の治療に宝水を用い痛みを取り去ることで名医との評判を取り、奥医師筆頭になろうと考えたのだ。

吉沢は、良衛の留守に三造の目を盗んで、宝水を奪い、それを真田に渡した後、江戸から離れるようにとの指示を受け、名古屋へ向けて旅立っていた。

「今さら追いつけぬ」

すでに吉沢が江戸を出てから十日ほどになる。ゆっくり進んだところでとっくに名古屋に着いているはずであった。

「名古屋に寄る辺はある。生きていくのには困らぬ」

さらに真田は、半井出雲守の門下で、尾張《おわり》徳川家お抱え医師として名古屋へ移住した者への紹介状を吉沢に渡している。

吉沢が名古屋に着いた証人がいることになる。

「…………」

無言で用人部屋を出た真田は、蔵へと向かった。

薬品蔵の鍵《かぎ》は、真田に預けられていた。蔵に入った真田は、もっとも奥にある薬品箪笥《だんす》の鍵のついた引き出しを開けた。

「これが一人の男を殺すか」

なかから取りだした赤子の拳、その半分ほどの塊を真田は見つめた。

「人を救うべき薬が、人を殺す」

真田が宝水を握りしめ、手を振りあげた。

た。

「……いかぬ」

叩きつけようとした真田が、思いとどまった。

「儂まで……」

主の冷たさをさきほど十分に思い知らされたばかりである。真田はそっと宝水を簞笥に戻した。

「吉沢に書状を出すか。そのまま名古屋の土となれとな」

蔵の扉を閉めながら、真田が呟いた。

「それでもまだ江戸へ帰ってくるようならば、そのときはやむを得ぬ」

真田が瞑目《めいもく》した。

宿場に入れば別れ、翌朝合流する。そのまま一日同行という旅を良衛と幾は続けていた。

「そろそろお話し願えませぬか」

幾がいつもの要求を口にした。

「…………」

良衛は無視した。

「若先生、船はどういたしましょう」

三造が訊いた。

三人は熱田《あつた》神宮で有名な宮宿《みやのしゅく》近くまで来ていた。東海道を上る旅人のほとんどが、ここから船に乗り、桑名《くわな》へと向かう。

七里渡しともいわれた船旅は、名古屋へと大きく曲がっている街道とは違い、海上をまっすぐに桑名まで結んでくれる。

一人座るだけの半畳区切りで三十文、荷物もその大きさによって料金を取られるが、一泊しなければならない旅程を船で飛ばせる。

何艘《そう》もの船が行き来しているとはいえ、満席になり次第出航していくため、早めに席を押さえておくほうが便利であった。

「今回は、船には乗らぬ。名古屋に行ってみたいのだ」

良衛は遠回りをすると言った。

「名古屋には、名の知れた医師も多い。どのような薬があるかみたいと思う。医師とも話したいが、今回はときに余裕がない」

無念そうに良衛は述べた。

「わかりましてございまする」

三造が首肯した。

「………」

幾は口を挟まなかった。

宮から東海道は桑名への船となり、名古屋へは美濃路となる。美濃路二番目の宿場が名古屋であった。

「繁華な城下だ。小田原よりも大きいか」

良衛は感嘆の声をあげた。

「では、わたくしはここで」

やはり幾は離れた。

「まずは、宿だ。そのあと薬種商を訪ねる」

「はい」

良衛と三造はてきとうな旅籠を探した。

旅の宿には主として二通りあった。基本一組ごとに座敷を貸し、朝晩の食事が付いた旅籠と、男女身分関係なく雑魚寝《ざこね》させ、食事も自前の木賃宿である。

当たり前だが、旅籠のほうが高い。もちろん、宿による差はあるが、多くは一泊二百文から三百文、対して木賃宿は数十文ほどですむ。

とはいえ、雑魚寝では盗難の怖れもあるうえ、風呂もなく、他人のいびき、寝言などに耐えなければならなくなる。ゆっくり寝て、明日の旅に備えたければ旅籠を選ぶしかなかった。

「一夜の宿を頼む」

さすがに御三家尾張徳川家の城下町である。露骨な客引きはない。良衛たちはこぎれいな旅籠に草鞋《わらじ》を脱いだ。

「一度出て戻ってきてから夕餉《ゆうげ》を頼む。で、この近くに薬種商はないか」

宿帳への記入を求めに来た番頭に良衛は問うた。

「宿の前の道を左にまっすぐ進んでいただけば、二丁（約二百二十メートル）ほどで右手に木曽屋《きそ》という薬屋がございまする」

番頭が手振りを交えて教えた。

「そうか。では、出てくる。行くぞ」

良衛は三造を促した。

「邪魔をする」

「お出《い》でなさいやし。どのようなお薬がご入り用で……」

出迎えた薬種問屋の奉公人が、良衛の頭を見て戸惑った。

「江戸で医師をしている者だ。京へ向かう途中でな。名古屋は大きな町ゆえ、いろいろ珍しい薬があるのではないかと思い、寄せてもらった」

良衛が来訪の目的を告げた。

「江戸のお医者さまでございましたか、それは、それは」

奉公人が愛嬌《あいきょう》を振りまいた。

「名古屋独特の薬などはござるかの」

「当地独特のものと言われましても……」

訊かれた奉公人が悩んだ。

「薬は変わらぬか」

「はい」

奉公人が首肯した。

医術には門外不出のものがかなりある。一子相伝の技や薬などを看板にしている医家も多い。

矢切も当初はそうであった。戦場医師というのは、雑《ざつ》いものである。なにせ、まともな勉強などしていないのだ。戦場で足軽として戦った後、傷ついた味方の手当をする。本業は槍《やり》働きであり、傷の手当は余技でしかなかった。

戦いに勝とうが、負けようが、気が立っている状態での治療である。やることは荒い。

槍傷に血止めと称して馬糞《ばふん》を塗ったり、刺さった矢を方向考えず引き抜いたりする。

矢には鏃《やじり》があり、鏃には返しが付いている。人の身体は、傷を受けたらその周りの肉を収縮させて、傷を小さくし出血を減らそうとするようにできている。いわば、ふさがりかけている。それを引き抜くということは、もう一度鏃の返しで引き裂く形になる。出血も酷《ひど》くなるし、神経や血管も傷つく。当然、治りは悪いし、予後もよくない。

それに矢切の先祖は気づいた。

矢切の先祖は、矢を引き抜くのではなく、矢羽根の部分だけ切り落として、そのまま押し、鏃から外へ出すようにした。

腕や足などで貫いているときはいいが、まだ鏃が埋まっているときは、突き通すことで新たな傷を作ることになる。が、そのほうが、治りがいいのだ。

大きな血管や神経、関節の周囲など、大切なところを避けるように、力を加えれば、予後も悪くない。

突き刺さった矢の矢羽根を切り取って治療することから、名字を矢切に変えたほど、画期的なものだった。

ちゃんとした医術を学んだ金創《きんそう》医では、当たり前のことだったかも知れないが、戦場医のなかでは、まず誰もしていない。これを矢切家は長く秘術としていた。

同じように、秘伝の薬などは、薬種問屋に製造を任せなどはしない。教えれば、もう奪われたも同じで、あっという間に拡がってしまう。

「なにか特徴はないかの」

もう一度良衛は問うた。

「さようでございますねえ。名古屋は木曽が近うございますので、いい薬草が手に入るくらいでしょうか」

奉公人が言った。

「木曽か。お留林だな。人の手があまり入らぬ山林となれば、薬草も多くなるし、質もよいというわけだ」

良衛は納得した。

木曽は二代将軍秀忠《ひでただ》から、初代尾張藩主徳川義直《よしなお》に婚姻の祝いとして与えられた。山間地で、ほとんど米は穫《と》れないが、木曽の値打ちはその材木にある。

「十万石に匹敵する」

そう言われるだけの檜《ひのき》林を木曽は有している。そして尾張藩は木曽を禁足地として管理し、一般庶民の出入りを禁じていた。

「根ものはとくによろしゅうございますよ。年数が経ったものばかりでございますから」

奉公人が自慢した。

木曽の山林を禁足地にしてはいるが、まったく人手を入れないというわけにはいかなかった。檜にせよ、杉にせよ、下枝打ちや間引きなど、手間を掛けなければ、いい材木にはならない。山林を放置すれば、節だらけか、曲がっているか、柾目《まさめ》が狂っているような木ばかりになる。尾張藩御用林なのだ。そのような失態は許されない。それこそ、明日、日光東照宮《にっこうとうしょうぐう》を建て直すから、ふさわしいだけの檜を出せと幕府から命じられても、すぐに応じられるように管理していなければならない。

また、御用林で人が入らなくなると、熊や狼が増える。それら害獣を駆除しなければ、近隣に被害が出る。そのために猟師も入ることが認められている。

禁足といいながらも、そのじつはかなりの人数が出入りしていた。

それらが、作業のついでに見かけた薬草を採り、薬種問屋に売る。余得ではあるが、黙認されている。そのお陰で、名古屋の薬種問屋には、いい薬草が入りやすかった。

「これなどいかがでしょう」

奉公人が、引き出しを開けて、紙包みを取り出した。

「これは……当帰《とうき》か。これほど見事なものは初めて見る」

差し出された茶色い根を見た良衛は驚いた。

「さすがでございますな。一目でお見抜きになられるとは」

奉公人が感心した。

当帰は山地の岩間を好む多年草である。その根は補血、強壮、鎮静に効果が高く、とくに女の貧血や産後の虚弱改善に用いられた。

「江戸へ送ってもらいたいところだが……」

良衛は悩んだ。

薬というのは管理が大事であった。どれほどよい素材でも、保管が甘ければ、湿《し》気《け》たり傷んだりして、効能が落ちる。

これから長崎へ遊学する良衛である。屋敷に送らせても受け取るものはいないし、かといって今大路兵部大輔のもとへ預けるわけにもいかない。

「帰りにまた寄る。そのとき残っていれば、買わせてもらおう」

良衛はあきらめた。

「はい、お待ちをいたしておりまする」

奉公人がほほえんだ。

第三章　因縁の糸

一

「あの声は」

木曽《きそ》屋の奥から店先へ出ようとしていた男が、足を止めた。

「いかがなされました、吉沢《よしざわ》さま」

案内していた木曽屋の番頭が怪訝《けげん》な顔をした。

「静かにせい」

番頭を制した吉沢が、店先と奥を遮る暖簾《のれん》の隙間から覗《のぞ》いた。

「やはり矢切《やきり》……」

店と奥とを仕切っている暖簾の隅から良衛を確認したのは、名古屋《なごや》へ落ち延びた吉沢であった。

「もう少し、見せてもらってもよいか」

吉沢が踵《きびす》を返した。

「いくらでもご覧くださいませ。愛斎《あいさい》先生のご紹介とあれば、木曽屋はお力添えを惜しみませぬ」

吉沢が店先にいる客を見て、動きを変えたのをわかっているだろうに、番頭は笑いながら応じた。

「すまんな」

もう一度番頭に案内されながらも、吉沢は落ち着かなかった。

「どうぞ、ごゆっくりご覧を」

奥の座敷に吉沢を残して、番頭がさがった。

「……なにしに名古屋に来た」

まだ座敷に置かれたままだった木曽屋取り扱いの薬剤一覧を形だけめくりながら、吉沢が呟《つぶや》いた。

「まさか、吾《われ》が名古屋に逃げたとばれた……」

吉沢が蒼白《そうはく》になった。

「隣に小者《こもの》の三造《さんぞう》もいた。町奉行所ではなく、直接捕縛に来たというか」

小さく吉沢が震えた。

「そこまで貴重な薬だったのか、あれは」

「お茶のお代わりを……どうなさいました吉沢さま、随分とお顔の色が悪いようでございますが」

番頭が吉沢の異変に気づいた。

「あ、ああ」

吉沢が番頭を見た。

「番頭、一つ訊《き》きたい」

「なんでございましょう」

茶を置いた番頭が座り直した。

「南蛮《なんばん》から入ってきたばかりで、あらゆる痛みを消し去る妙薬があるとして、いかほどの値段になろうか」

吉沢が宝水《ほうすい》という名を隠して、番頭に尋ねた。

「先年、和蘭陀から長崎《ながさき》奉行さまに献上されたお薬があると聞いたことがございまする」

「…………」

さすがは薬種問屋の番頭である。宝水のことを知っていた。

「拳《こぶし》一つくらいの塊だとか」

「その半分の半分だと思ってくれ」

吉沢が大きさを手で示した。

「さようでございますねえ。どのていど効果があるかによりますが……」

窺《うかが》うような目で、番頭が吉沢を見た。

「痛みで衰弱しきった患者が、一匙《さじ》で眠れた。目覚めたときには痛みがまったくなくなっていた」

見てきたとおりを吉沢は伝えた。

「それほど……」

番頭が息を呑《の》んだ。

良衛《りょうえい》によって宝水を処方されたのは、尿路結石の妊婦であった。臨月を迎え、大きくふくらんだ子宮によって尿管が曲げられ、そこに石が詰まった。

尿路結石はその生成過程が一気ではなく、徐々に積み重なっていくため、表面の凹凸が多く、なかには鋭く尖《とが》っているものもある。それが内側から詰まって尿管を傷つける。そして尿管の通りが悪くなるために、尿が溜《た》まる。

「男のお産である」

そう言った説まである患者への負担が大きい病である。ただ、石が通って尿管から幅のある膀胱《ぼうこう》まで落ちてしまえば、嘘のように痛みは消える。そこで良衛は睡眠を強制する作用のある宝水を処方、患者が寝ている間に石を膀胱まで落とそうとした。そして成功し、患者はまるで何ごともなかったかのように健康を取り戻し、無事に出産した。

ただ、弟子になったばかりで医学の知識が浅い吉沢は、宝水の効能を勘違いした。

「矢切には天下の妙薬が」

この報告を受けた半井出雲守《なからいいずものかみ》がそれの奪取を吉沢に命じた。その結果が、吉沢の逐電であり、名古屋への移住であった。

木曽屋の番頭も宝水の効能をまちがってとらえた。

「それほどの効能がある薬ならば、五百両、いや千両でも売れましょう」

番頭が告げた。

「千両……」

吉沢が息を呑んだ。一両あれば一家四人が一カ月生きていける。千両あれば生涯困ることのない金額であった。

「もし、吉沢さまがお持ちでしたら、是非、わたくしどもにご相談を」

番頭が商売人の顔をした。

「いや、拙者は持っておらぬ。我が師半井出雲守さまの秘蔵である」

「さようでございましたか。それは残念で」

そう言って、番頭が立ちあがった。

「番頭、店先に老爺《ろうや》を連れた禿頭《とくとう》の男がまだおるか見てきてくれ」

「禿頭のお方なら、何人かおられますが」

薬種問屋に医者が来るのは当然であった。もっとわかりやすい条件をと番頭が求めた。

「そうよな……そうだ。医者とは思えぬ身体つきで左手に剣の柄《つか》だこがある」

「柄だこでございますか、それはまたお医者さまには珍しい」

番頭が驚いた。

医者が坊主頭にしているのは、戦場で足軽や侍にまちがわれないようにするためであった。つまり、戦場働きができない臆病《おくびよう》者がなる。さすがに泰平の世では、そういう理由ではないが、それでもあまり荒事の得意な医者はいない。

「見て参りましょう」

番頭が出ていった。

「なかなかよいものを見せてもらった。長崎へ向かう途中でなければ、いくつか買わせてもらうのだが……」

良衛は名残惜しそうに、店のなかを見回した。

「是非、江戸《えど》へお戻りの節はお立ち寄りを」

相手をしてくれた奉公人が言った。

「お客さまは、長崎へ」

すっと番頭が話に割りこんできた。

「おぬしは……」

「当家の番頭でございまする」

誰何《すいか》した良衛に、番頭が応じた。

「番頭どのか。いや、よい品揃えであった。眼福させてもらった」

なにも買わずに帰るのだ。良衛は頭を下げて礼を言った。

「とんでもございませぬ。商品は見てもらうためにあり、奉公人はそれを説明するためにおりまする」

ていねいな対応に、番頭があわてて手を振った。

「お伺いすれば長崎へお出《い》でとか」

「ああ。名乗っておらなかったの。幕府寄合医師矢切良衛と申す。このたび、御上より長崎での医術修業を命じられて、向かう途中である」

「御上の寄合医師さま」

番頭が目を剝《む》いた。

幕府の医師は、京の御所出入りをしている医師と並んで矜持《きょうじ》が高い。良衛の態度から想像できなかった。

「なったばかりでな。名前だけだ」

良衛は苦笑した。

「では、邪魔をしたな」

思いの外長居してしまったと良衛は、店を辞した。

「いまどきのお医者さまには珍しいお方でしたね」

「はい」

番頭と奉公人がうなずき合った。

「この当帰《とうき》がお望みのようでございました。帰りに寄ったときあれば、買わせてもらうと」

奉公人が述べた。

「そうですか。では、お取り置きしておきなさい。当帰ならば、まだ在庫がありましょう」

番頭が指示した。

「さて、面倒ですが……」

嘆息しながら、番頭が奥へと入った。

「吉沢さま」

「おう、どうであった」

待ちわびたように、吉沢が勢いこんで問うた。

「なんでも長崎まで遊学される途中、名古屋へお立ち寄りになられたとのことで」

番頭が報告した。

「長崎へ遊学……」

一瞬吉沢の顔がゆがんだ。

最先端の南蛮医学は長崎に到来する。それをいち早く身につければ名医との評判は吾ものにできる。だが、長崎へ行くには相当な金が要る。そうそうできるものではなかった。まして、開業もしていない若い医生には、とても見られた夢ではなかった。

「おのれ……なぜ、あやつだけ」

吉沢が嫉妬《しっと》の言葉を吐いた。

「……吉沢さま、あの御仁をご存じで」

番頭が訊いた。

「なんだ」

吉沢が番頭を見た。

「ご紹介をいただければと」

「ごめん被ろう」

番頭の願いを、吉沢はあっさりと断った。

「また来る」

吉沢が店を出た。

「矢切が長崎に……江戸からいなくなったということか。ならば、吾が名古屋に隠れている意味はなくなる。江戸へ、師半井典薬頭《てんやくのかみ》さまのもとへ戻れる。宝水の褒美をいただける」

うれしそうに吉沢が笑った。

二

名古屋から京はそう遠くない。良衛たちはすんなりと京へ着いた。

三条大橋《さんじょう》をこえれば洛中《らくちゅう》である。

良衛と三造、同行者となった幾《いく》の三人が洛中へと入った。

天下の都として千年の歴史を持つ京だが、三方を山に囲まれ、江戸に比べて小さい。

「間口の狭い家ばかりだな」

歩きながら、左右を見ていた良衛が言った。

「仕方ございませぬ。人の集まるところでございますが、京は土地が少のうございまする」

「なるほどな。しかし、よく知っておるな」

答えた幾に良衛は感心した。

「いつどこへ行かされるかわからぬのが忍でござれば。右も左もわからぬようでは、任を果たすどころか、迷子になりかねませぬ」

　下調べは必須《ひっす》だと幾が述べた。

「なるほどの。準備が重要なのは、医術と同じだな」

　良衛は感心した。

「若先生、京の見物は落ち着いてからにいたしましょう」

　三造が急《せ》かした。

「宿はどこであった」

　良衛が問うた。

「ちとお待ちを……」

　振り分け荷物を下ろした三造が、なかから一通の書付を取り出した。

「烏丸《からすま》三条角東の布《ぬの》屋という旅籠《はたご》でございまする」

　三造が書付の宛名《あてな》を読んだ。

「……ふう」

　嫌そうに良衛が顔をゆがめた。

「松平対馬守《まつだいらつしまのかみ》さまのご指定であろう」

「さようでございますが……」

三造が口ごもった。

長崎への遊学を良衛がすると決まったとき、大目付松平対馬守が京での滞在先を指定した。

松平対馬守は、大老堀田筑前守《ほったちくぜんのかみ》の死が仕組まれたものだと見抜いた良衛を、配下として使用していた。

「お断りはよろしくないかと」

気の進まない良衛の背中に、幾が声をかけた。

「なぜだ。他に宿はある」

良衛は首をかしげた。

豊臣秀吉《とよとみひでよし》によって三条大橋が架けられ、東下の起点、上洛《じょうらく》の終点となったことで、三条通りは旅人のための町になった。

今良衛が見ている範囲にも、宿と書いた看板がいくつもあがっていた。

「毎日、宿を替える手間を、矢切さまがお気になさらぬならばかまいませぬが」

「どういうことだ」

幾の言葉に良衛が怪訝《けげん》な顔をした。

「京の宿は、連泊を認めておりませぬ」

「なんだと……」

幾の答えに、良衛が驚愕《きょうがく》した。

「宿が客を追い出すというのか」

「追い出すわけではございませぬ。決まりでございまする」

小さく幾が首を左右に振った。

「決まり……」

「はい。御上がお決めになったことでございまする。京に旅人を集めぬためでございましょう」

「旅人を集めぬ……浪人か」

御上の決めというところで、良衛は気づいた。

「おそらく」

幾が首肯した。

京は幕府の、徳川《とくがわ》家の後ろ盾であった。もちろん朝廷が徳川家を支えているわけではない。ただ、徳川を征夷大将軍《せいいたいしょうぐん》に任じるだけだが、これこそ天下を預けるというものであった。

もし、朝廷が徳川家から征夷大将軍を取りあげれば、幕府がその場で崩壊する。

幕府は征夷大将軍だけが開く権をもつからだ。

当たり前だが、朝廷が徳川に征夷大将軍を許しているのは、その武力を怖れているからである。

京を制する者が天下を手にする。平清盛《たいらのきよもり》の時代から不変の事実である。

幕府をこえるだけの武力は、現在天下にない。ただ、徳川から征夷大将軍を奪うのに数万の兵は不要であった。

朝廷に押し入り、天皇を抑えるだけの兵力があればいい。

京都町奉行所や、京都所司代もあるとはいえ、それほど厳重に御所を警固しているわけではない。武力をまったくもたない朝廷を制圧するだけなら、数十名ですむ。

しかし、それを怖れて、数千の兵を京に置き、一日中巡回させるわけにもいかなかった。それは天下がいつ奪われるかと幕府が怖れているととられ、何を考えているかわからない公家《くげ》や口さがない庶民に、侮られてしまう。

天皇を奪われることを怖れながらも、仰々しい警固をするわけにはいかない。旅人を長期滞在させず、追い出すという決まりを作ることで、幕府は懸念を少しでも薄くしようとしたのであった。

「……はああ」

大きく良衛は嘆息した。

「よろしゅうございましょうや」

「やむをえぬ」

三造の確認に、良衛はうなずくしかなかった。

松平対馬守は幕府の大目付である。

大目付は長く番方の役目を務めてきた三千石以上の名門旗本が任じられる。その役目は大名と朝廷の監察であり、百万石の前田《まえだ》家でさえ、潰《つぶ》すだけの権を持っていた。

しかし、泰平が続くと大名を潰す利よりも損が多くなる。大名を改易する危険さに、幕府が気づかされたのは由井正雪《ゆいしょうせつ》の乱であった。

三代将軍家光《いえみつ》の死後、家綱《いえつな》の将軍就任直前、幕府が混乱している隙を、軍学者である由井正雪は狙った。

幕府に主家を潰された浪人たちが、由井正雪のもとに糾合、全国各地で一斉蜂起《ほうき》しようとした。幸い、仲間の密告で挙兵は未然に防がれたが、幕府に大きな衝撃を与えた。

幕府は大名を潰す利よりも、浪人を増やすことの損を知った。

となれば、大名を監察する大目付は仕事をしないほうがよい。

こうして大目付は名誉だけの飾りとなった。

城中という魑魅魍魎《ちみもうりょう》の棲《す》み家を生き抜いて、ようやくたどり着いた大目付という顕職が、ただの飾りだと教えられた松平対馬守は落胆した。

「このまま無事に隠居できれば、息子も召し出しを受ける」

他の大目付たちが楽隠居を目指しているなかで、松平対馬守はここからさらに上への出世を目指した。

「大目付で終わるものか。側用人、悪くても留守居になる」

ともに大名まであと一歩手前の役目である。うまくこなせば、万石への出世も夢ではない。松平対馬守は、将軍綱吉《つなよし》に己の能力を見せ、その腹心となった。

「大奥で何が起こっている」

山科《やましな》の一件は、綱吉の疑念をよんだ。

「京を調べよ」

綱吉の命を受けた松平対馬守だったが、そう簡単に大目付が京へ行くわけにはいかない。

「矢切を使うか」

松平対馬守は、良衛を下調べに使おうと考えていた。

「そろそろだな。矢切は」

江戸から京まで、普通の旅人は十二、三日ほどで行く。

「書状はとうに京に届いているはずだ」

良衛の長崎行きは、大奥での一件を片づけた褒美である。その褒美の途中に表にできない命を指示するわけにはいかなかった。

なにせ、綱吉の密命である。良衛の旅立ち前に松平対馬守と密談して注目を集めることは得策ではない。

そう考えた松平対馬守は、わざと良衛との接触を避けた。

「継ぎ飛脚は江戸と京を四日で駆けるという」

松平対馬守は、継ぎ飛脚に書状を託していた。

継ぎ飛脚は、徳川家康が京になにかあったとき、できるだけ早く江戸へ通知がくるように伝馬を整理し、足の速い者を問屋場に常駐させ、交代で書状を運ばせたのが始まりである。

日夜かかわらず東海道《とうかいどう》を駆け、問屋場ごとで手代わりする継ぎ飛脚は、早ければ三日で往来した。

継ぎ飛脚は幕府御用のみで走る。大目付である松平対馬守には、使用できた。

「そのために京での宿をご指定に」

「なにかとつごうがよかろう。目付代わりにもなる」

柳沢吉保《やなぎさわよしやす》の話に、松平対馬守が応じた。

「それほどご信用のおけるところでございまするか」

「朝廷の監査を役目とする大目付には、京での活動も認められており、その権は所司代にも匹敵する。相応の手だてを持っていて当然でござろう」

明言はしなかったが、松平対馬守は京の旅籠を大目付配下の隠密《おんみつ》だと匂わせた。

「……………」

一瞬、柳沢吉保が黙った。

「準備は怠っておられぬようでございまするが、矢切は言うことを聞きましょうや」

やはり綱吉の腹心である小納戸頭柳沢吉保が懸念した。

「京は遠うございますぞ」

駒が勝手に動くのではないかと柳沢吉保は不安そうな顔をした。

「大丈夫じゃ」

松平対馬守が自信ありげにうなずいた。

「どうして、そう言われることができましょう」

柳沢吉保が問うた。

「妻と息子は、江戸でござる」

「なっ……」

あっさりと人質を使うと言った松平対馬守に、柳沢吉保が絶句した。

「柳沢どのよ、おぬしはどこまでを望んでいる」

「なんのことでございますや」

不意に問われた柳沢吉保が、困惑を見せた。

「とぼけないでもらいたい。儂《わし》の言いたいことに気づかぬほど、鈍い者が将軍家の身の回りのことをこなす小納戸の頭など務まるまい」

松平対馬守が柳沢吉保を見下ろした。

「………」

柳沢吉保が詰まった。

「狙いはどこだ。まさか、小納戸頭で満足しているなどと言うまいな。そうであれば、儂は組む相手をまちがえたことになる」

松平対馬守が柳沢吉保に告げた。

「身に添わぬ野望を持つ者は馬鹿でしかない。しかし、野心を持たぬ者は信用できぬ」

「むうう」

松平対馬守が言った。

「野心……」

柳沢吉保が繰り返した。

「儂は、大名になりたい。三千石で大目付、できすぎには違いないが、このままでは先はない。大目付は上がり役だからな」

上がり役というのは、そこで役人として終わる役目のことをいう。

「儂は大目付を踏み台にする。そのためなら、なんでもしてみせる」

「なんでもでございますか」

「ああ。でなければ、戦《いくさ》のない今、旗本は大名になれまい」

「たしかに」

柳沢吉保がうなずいた。

「おぬしはどうだ」

「わたくしは……上様のお側にずっとおりたいと思っておりまする」

「お側に……小納戸頭で満足していると言うか」

「いいえ」

柳沢吉保が首を左右に振った。

「小納戸頭は将軍のお身の回りの世話をさせていただきまする。お着替え、月代《さかやき》の整え、お食事の用意、お部屋のお掃除など。しかし、軽輩すぎまする」

柳沢吉保の言うとおりであった。

将軍の身近にいるとはいえ、同じように将軍御座の間に詰めている小姓よりも小納戸は身分の低い役目でしかない。

「他人の思惑で動かされまする」

「なるほどの」

松平対馬守が首肯した。

「己の意思で上様の側にいたい。となれば、老中の意思を枉《ま》げるほどの力が要る。側用人だな」

「はい」

柳沢吉保が認めた。

側用人は、綱吉が天和《てんな》元年（一六八一）に新設した役目である。側用人は、老中と将軍の間を取り次ぐのが任である。場合によっては、老中の将軍目通りを拒むこともできる。綱吉の傅育《ふいく》として館林《たてばやし》藩の家老をしていた牧野成貞《まきのなりさだ》が任じられていた。

「儂の願いがかすむな」

松平対馬守が唸《うな》った。

初代側用人牧野成貞は、綱吉が館林の主《あるじ》だったとき、三千石の家老であった。それが綱吉が将軍になるなり、一万三千石の大名に立身した。

その牧野成貞が新設された側用人となった。つまり側用人は譜代大名でなければならないという格が決められたのだ。

もし、柳沢吉保が側用人を目指すならば、その役目に就くまでに万石以上になっていなければならない。

大名で終わりたいと言った松平対馬守に対し、柳沢吉保は譜代大名でさえ過程だと宣したに等しい。

「ならば、誰を犠牲にしてものぼらねばなるまい」

「覚悟が甘いと」

「そうだ。医師の一人くらい気にしていてはなるまい」

「…………」

無言で柳沢吉保が反論を捨てた。

「ですが、今大路《いまおおじ》兵部大輔《ひょうぶだゆう》さまが黙ってはおられますまい」

「矢切の岳父か」

松平対馬守が苦い顔をした。

典薬頭の身分は大目付よりも低いが、血筋では優《まさ》っている。名家との縁も強い。外様《とざま》の大藩、御三家などとのつきあいもあり、うかつな手出しは大きなしっぺ返しを喰《く》らいかねなかった。

「今大路兵部大輔どのの説得を、上様にお願いできまいか」

「無能の烙印《らくいん》を気になさらないというならば、上様にお願いいたしまするが」

「くっ」

今度は松平対馬守が甘いと柳沢吉保から指摘された。

「やっぱり、おぬしも一筋縄ではいかぬな」

松平対馬守が嘆息した。

三

御池《みいけ》通りは、平安大禁裏の禁苑跡神泉苑《しんせんえん》の南側を通る。神泉苑にある古代からの湧き水池を御池と称したことからそう呼ばれた。

その御池通りと高倉《たかくら》通りが交差する東角、御所八幡宮の隣に、宮中出入りの足袋《たび》屋袱紗《ふくさ》屋があった。

店構えはさほど大きなものではないが、百年以上の歴史を誇る老舗《しにせ》である。

「旦那《だんな》はん」

番頭が主の居間へ顔を出した。

「どうした、仁介《じんすけ》」

主の袱紗屋宇兵衛《うへえ》が、用件を問うた。

「御所さんからお報《しら》せの文が」

仁介がところどころに塗りの剝《は》げが見られる文箱《ふばこ》を宇兵衛へ差し出した。

「……御所さんか」

嫌な顔をした宇兵衛が文箱を開けた。

「はああ」

読んだ宇兵衛が大きく嘆息した。

「金でんな」

仁介が用件を当てた。

「わかるわな。御所さんの御用で無心やないときなんぞ、あらへんからな」

書状を宇兵衛が仁介に渡した。

「三千両……また、大きゅう出はりましたな」

仁介が目を剝いた。

「それくらいの金、蔵にないわけやないけどな、こっちは商人や。出した以上の見返りがなければなあ」

宇兵衛もあきれた。

「せやけど、旦那はん。御所さんが、三千両なんて大金、なんに遣いはりますんやろ」

仁介が疑問を呈した。

「最後まで読んでみ」

宇兵衛が指示した。

「……はああ」

読み終わった仁介が頓狂《とんきょう》な声をあげた。

「倒幕の兵を集めるって、御所さん、本気ですやろか」

仁介が宇兵衛の顔を見た。

「本気やったら、縁切るわい」

宇兵衛が苦い顔をした。

「冗談《てんご》でっかいな」

肩の力を仁介が抜いた。

「完全に冗談というわけやなさそうやけどな。でなきゃ、金は要らんやろう」

面倒くさそうな顔を宇兵衛がした。

「どないしはります」

仁介が書状への返事を問うた。

「とにかく御所さんのお屋敷へ行ってくるわ」

宇兵衛が立ちあがった。

「なんぼお持ちになります」

「今日は話だけや。一両でええ」

訊かれた宇兵衛が右手の指を一本立てた。

「へい」

金箱から出した小判を懐紙に仁介が包《くる》んだ。

「いってくるよ」

小判を懐に入れた宇兵衛が店を出た。

老舗の主が、一人で出歩くことはまずない。妾《めかけ》のもとに通うにも奉公人を連れて歩く。しかし、宇兵衛が御所と呼ばれる御仁の屋敷へ向かうときだけは、別であった。

高倉通りをまっすぐ北へ進んだ宇兵衛は、御所の南丸太町《みなみまるたまち》通りの手前で東へ入りすぐに左折、御所に沿って少し行った梨木町《なしのきちょう》で、さほど大きくはない屋敷の門を叩《たた》いた。

「ごめんくださいませ。御池の袱紗屋でございまする」

「袱紗屋はんかいな。今、開けるよってな」

内側から返答がし、潜り門の閂《かんぬき》が外された。

「右馬介《うまのすけ》はん、すんまへんな。また、これでお姫さまになんぞ」

門番に宇兵衛が小銭を握らせた。

「すまんな。遠慮のうもろとくわ」

うれしそうに右馬介が懐に金をしまった。

高位の公家ともなると、その使用人まで官位を持っている。武家の用人に等しい家宰ともなれば、従七位くらいは当たり前、庭師や下男でさえ従八位くらいはざらであった。

「御所さまのご機嫌はどないです」

宇兵衛が訊いた。

「蓮根《れんこん》やで」

右馬介が教えた。蓮根は蓮《はす》の根である。蓮と斜《はす》をかけた上方の地口であった。

「…………」

宇兵衛が黙った。

「まあ、お気張りや」

もらうものはもらったと右馬介が離れていった。

「……お邪魔をいたしまする」

京の老舗の主とはいえ、無位無冠である。玄関から屋敷にあがるなどできなかった。庭づたいに回った宇兵衛は、縁側に座っているこの屋敷の主を見つけた。

「袱紗屋か」

主が、じろっと宇兵衛を見た。

「なにしに参った」

「お呼び出しに応じましてございまする」

さすがに公家相手にくだけた口調はできなかった。宇兵衛はかしこまった。

「書状を見た……その割に手ぶらのように見えるがの」

主が皮肉げな顔をした。

「お手蹟《しゅせき》は拝見いたしましたが、ご用件がわかりかねまして」

宇兵衛が告げた。

「わからない……ほう、そちは文字くらい読めたと思ったが」

じっと主が宇兵衛を見た。

「わかりませぬ。なぜ、わたくしが三千両を献上なさねばなりませぬので」

口調は変えず、宇兵衛が不満を述べた。

「愚か者。麿《まろ》が命じた江戸からの金の移送、そちは果たせなかったではないか。その弁済をするのは当然であろう」

「これは異な事を仰せになられまする。江戸の金はわたくしが手配することなく、御上が差し押さえられたと聞きました」

宇兵衛は事実をもって反論した。

「そんなことを麿は知らぬ。麿はそちに金を持ってこいと命じた。それをそちは果たせなかった。違うか」

「……違いませぬ。しかし……」

事実に事実で返して来た主に、宇兵衛はさらに返そうとして止めた。

「わかったか。そちには麿に六千両の借りがある。とはいえ、それは哀れゆえ、三千両に負けてくれたのだ。麿の寛大な心に感謝して、さっさと金を用意いたせ」

「…………」

宇兵衛は小さく嘆息した。

「なにを焦っておられまする」

庭先に正座している宇兵衛は、主を見上げた。

「…………」

「倒幕の兵をあげるとお書きでございましたが、できましょうや」

「あげるとは申しておらぬ。集めると」

主が訂正した。

「集まりましょうか」

「主上が勅を出されれば、誰が拒めよう。勅にしたがわねば、朝敵である。金は、その勅をお出しいただくために遣う」

主が答えた。

「それに三千両もかかる……」

宇兵衛が首をかしげた。

「主上のお気持ちは伺わせていただいた。勅はお出しくださる。ただ、勅は主上だけのことではすまぬ。五摂家《ごせっけ》のすべてが賛成せねばならぬ。朝廷を支える五摂家の同意なくしては、勅諚《ちょくじょう》ではなく、密勅になる。密勅では、弱い。天下すべての大名どもを糾合せねば、徳川は倒せぬ」

「そういうものでございますか」

いかに京に住む庶民とはいえ、朝廷のなかのことまではわからない。あいまいに宇兵衛は首肯するしかなかった。

「五摂家、清華家《せいがけ》、名家の者どもを一致させるには、金が要る」

「買収でございますな」

「下卑た言葉を使うでないの」

主が叱った。

「…………」

宇兵衛が黙った。

「そうか、そちは商人であったな。商人は利で動く卑しいもの。利を与えてやらねばなるまい」

無言になった宇兵衛へ、主が続けた。

「御所すべての商人をまとめあげる肝煎《きもい》りにしてやろう。そうよな、商いの司《つかさ》という役目をそちのために作ってやってもよい。誇らしかろう。卑賤《ひせん》な商人が、官位をいただけるのだ。三千両はおろか、一万両出してもおかしくはない」

主が恩着せがましく言った。

「さようでございますか。それはありがたいことでございまする」

宇兵衛が感情のこもらない声で礼を言った。

「わかったならば、早速金を用意して参れ」

主が手を振った。

「ご無礼をいたしました」

深々と頭を下げた宇兵衛は、主の前を辞去した。

「松木《まつのき》さまとの縁はこれまでだな」

屋敷を出たところで、宇兵衛は首を左右に振った。この屋敷の主は、元権大納言松木宗条《むねえだ》であった。藤原北家《ふじわらほっけ》頼宗《よりむね》流で、藤原道長《みちなが》の曾孫宗俊《むねとし》を祖とする。長く中御門《なかみかど》の姓を名乗っていたが、室町以降松木と称した。家禄は四百四十一石で格は羽林《うりん》家《け》である。

羽林家は、摂家、清華家、大臣家《だいじんけ》の下、名家と同格とされている。武官として近衛少将や中将を兼任しながら、中納言、権大納言などを務めた。家柄によって差はあるが、大納言を極官とする。

とはいえ、松木家は大納言以上の官位を失って久しく、宗条はじつに十九代ぶりの極官にのぼった。

その威勢を駆って、松木宗条は娘宗子《むねこ》を霊元《れいげん》天皇の典侍《ないしのすけ》に入れた。

しかし、それが反発を呼んだ。松木宗条は寛文二年（一六六二）十二月一日、官を辞することになった。

「今上さまの典侍にお上げになったお姫さまが皇子《みこ》をお産みになられて以来、妄執に憑《つ》かれられたか」

松木宗条の娘、宗子は東山《ひがしやま》天皇の典侍となり、三人の皇子、四人の内親王を産むほどの寵愛《ちょうあい》を受けていた。

今は、息子の宗顕《むねあき》が権中納言の座にあるが、宗条は無官のままであった。

「倒幕の金などではなかろう」

宇兵衛は松木宗条の肚《はら》の内を読んでいた。

「朝仁《あさひと》さまを儲《もう》けの君さまになさりたい。そのための金」

冷たい声で宇兵衛は呟いた。

宗子の産んだ朝仁は、霊元天皇の第四皇子である。

霊元天皇の第一皇子は甘露寺《かんろじ》分流勧修寺《かじゅうじ》家の姫、第二皇子は愛宕《おたぎ》家の姫、第三皇子は五条《ごじょう》家の姫の子である。

このうち愛宕家が松木家と同格の羽林家であり、勧修寺家は嫡流の甘露寺家が羽林家とはいえ分流のため一歩引かねばならず、五条に至っては半家《はんけ》という公家の最下級でしかない。

今、皇太子の座を争っているのは、第二皇子と朝仁親王であった。

武家以上に公家は身分に重きを置く。生まれた子供の長幼の序よりも生母の身分がものを言う。

それでいけば、松木宗条は辞めたとはいえ元権大納言であり、第二皇子の母愛宕福子《ふくこ》の父、通福《みちふく》は現権中納言である。松木が少しとはいえ優っている。だが、これは今のところでしかない。愛宕家も羽林家なのだ。大納言にあがれる。愛宕通福が大納言になってしまえば、同格になる。そうなれば、生まれの早いほうが上になった。

「焦っておられるのだろうな」

宇兵衛は独りごちた。

「お帰りなさいまし」

「仁介。ちょっと奥まで」

店に戻った宇兵衛は、番頭を奥へと招いた。

「なんでございますか」

仁介が問うた。

「うちから松木さまへの売り掛けはどんだけになってる」

「ちょいとお待ちを……」

問われた仁介が店へ行き、すぐに帳面を持って来た。

「……五年合わせて、百六十両と二分一朱二百八十四文でございます」

算盤《そろばん》を弾《はじ》いた仁介が答えた。

「思ったよりも多いな。愛宕さまはどうだ」

「愛宕さまは、うちとおつきあいがございません」

宇兵衛の問いに、仁介が首を左右に振った。

「そうやったかいな。お名前に覚えがあったんやが」

「先代さまのときに、四条河原町《しじょうかわらまち》の伊勢《いせ》屋さんに取られました」

「伊勢……ああ、あいつか」

言われた宇兵衛が苦い顔をした。

「負けるわけにはいかんな」

宇兵衛が言った。

「旦那はん、御所さんのお話はなんでおました」

仁介が説明を求めた。

番頭は店を預かる。奉公人とはいえ、番頭なくして店はなりたたない。番頭には相応の力がある。主といえども、無下にはできなかった。

「……という話や」

簡潔に宇兵衛が語った。

「むう」

聞いた仁介がうなった。

「三千両だすか」

宇兵衛が問うた。

「御所さんの孫さまが皇太子にならはっても、三千両は帰りませんで。御所出入りの商人を全部押さえたところで、金のない公家はん相手の商いでおます。三千両の損を取り戻すには、十年は要りまっせ」

頭のなかで仁介が算盤を弾いた。

「しゃあけどな、愛宕さまの孫さまが皇太子にならはったら、御所さんへの売り掛けはまずあきらめんならん」

四百四十一石の公家の収入はおおよそ年二百両しかない。これで従三位ていどの格式を保ち、各家とのつきあいをしていかなければならないのだ。余剰な金など数両も出ない。

「それに負けてしもたら御所出入りの看板も下ろさんならん。評判も悪なるで。下手したら、店が潰れる」

宇兵衛が危惧《きぐ》した。

「江戸のお金はどうなりましたんで」

「幕府に接収されたという話やけどな。松木さまの遠縁にあたる山科さまは、行き方知れずらしいしの」

番頭の質問に、宇兵衛が答えた。

「三千両は無理でっけど、千両やったらいけませんやろか。千両やったら三年で回収できます。後は儲《もう》かる一方で」

仁介が言った。

「ふむ……」

宇兵衛が思案した。

「千両か。ちょっと女道楽したら飛ぶ金やな。わかった、派手に遊んだと思うて、千両出そ」

宇兵衛が得心した。

四

布屋はこぢんまりとした旅籠であった。

「伺っておりますえ」

女将《おかみ》が良衛たちを歓迎した。

「……女《おなご》はん、お連れとは聞いておりませんけど」

良衛たちに続いて入ってきた幾に、女将が怪訝そうな顔をした。

「道中で同行になった。我らとは別だと思ってくれればよい」

良衛は冷たく幾を分離した。

「さようでございますか。では、お一晩だけでお願いいたしますえ」

女将が幾に告げた。

「承知いたしましてございまする」

幾も同意した。

「まずはお部屋のほうへ。宿帳はお部屋でご記入願いますよって」

女将の案内で、良衛たちは二階の通りに面した部屋へと案内された。

「ようこそのお見えでございまする。わたくし当家の女将でございまする」

あらためて女将が挨拶《あいさつ》をした。

「江戸の寄合医師矢切良衛である。世話になるぞ」

良衛も返した。

「さっそくでございますが、こちらを」

女将が懐から一通の書状を出した。

「……………」

良衛は受け取ろうとしなかった。

「無駄なことをなさっても……」

冷たく女将が良衛を見た。

「……わかった」

嫌々ながら良衛は受け取った。

「では、これで。御用がございましたら、いつでもご遠慮なく」

一礼して女将が去っていった。

「若先生、それは」

三造が待ちかねたように訊いた。

「大目付松平対馬守さまからの指示だろうよ」

良衛は予測していた。

「あの御仁がなにもなく、京へ寄れ、名古屋《なごや》先生に会ってこいなどと言うはずはない」

大きく良衛は嘆息した。

「なにが書かれておりましょうや」

「……待て」

良衛が書状を開き、なかを見た。

「無茶なことを……」

なんともいえない表情で良衛は、書状を三造に回した。

「拝見……これはあまりでございましょう」

三造もあきれた。

「山科の背後にいる者を探れと言われても、京にはなんの伝手《つて》もないぞ」

松平対馬守の要求に良衛は文句を言った。

「いかがなさいますか。無視しても、ここまで松平対馬守の手は届かぬと思いますが」

三造が放っておくのも一手だと告げた。

「それはあきまへんえ」

廊下から声がした。

「……女将か」

「ごめんやす」

良衛の言葉に応じて、女将が顔を出した。

「聞いていたのか」

「はい」

あっさりと女将が認めた。

「監視役か。当然だな」

良衛は女将の正体を悟った。

「だが、そんなに簡単に証《あか》してしまってよいのか」

正体の知れた監視役、細作《さいさく》ほど扱いやすいものはない。良衛は女将の対応に疑念を抱いた。

「少々、思うところもございまして」

女将が苦い顔をした。

「で、なにがまずいのだ」

それ以上を良衛は問わなかった。聞いたところで、真実を話すかどうかさえわからないからである。

「失礼どすけど、矢切さまのご家族は」

「家内と息子が……」

そこまで言って良衛は気づいた。

「まさか、人質」

「それくらいのこと、しはりますやろ。それが大目付というお役目でございますから」

女将が述べた。

「ふざけたことを申すな」

すばやく良衛は脇差を抜き、女将の喉《のど》へと模した。

「……お早いこと」

一瞬詰まったが、女将は顔色一つ変えなかった。

「それにしても頭に血の上りやすいお方はんどすなあ」

女将があきれた。

「わたくしが、矢切さまのご家族をどうこうするというわけやおまへん。するのは大目付さまでっせ」

「……そうだったな」

指摘されて良衛は冷静になった。

「あの御仁は、そういうお方であった」

良衛は脇差をしまった。

今までも依頼を断り続けたが、強引に押しつけられてきた。

「直接脅しにかかっているわけではないだけましか」

松平対馬守の書状に、家族のことは一切書かれていないが、良衛はあきらめた。

「しかし、できないことはできないぞ。男に子を産めといわれても、できないのと同じだ。江戸の医者の愚昧《ぐまい》に、朝廷への伝手などないわ。女将、そなたが用意してくれるのか」

「とんでもないことをお言いやすな。わたくしもそんな伝手はおまへんえ。さすがに京で商売してますよって、知り合いのお公家はんは何人かおますけど、お偉い方ではございまへんえ」

女将が首を左右に振った。

「そこから、しろと言うのか。雲に手をかけるほうが楽だ」

伝手から作れとの状況に、良衛はため息を吐いた。

「お医者さまには、お医者さまにしかできないことがございますやろ」

女将が言った。

「医者か……しかし、医者は病人か怪我人がおらねば役立たずだぞ。まさか、適当な公家に毒でも盛れと」

　良衛は顔色を変えた。

「その手もおますなあ」

　のんびりと女将が肯定した。

「ですけど、どうやってお公家はんに毒飲ませますので。顔見知りでもない医者の煎《せん》じた薬なんぞ、誰も口にしませんえ」

「それもそうだ」

　良衛はうなずいた。

「大目付さまからのお知らせでは、矢切さまは京にお知り合いのお医者さまがお出でとか。その方から紹介をいただけば」

「名古屋玄医《げんい》先生か」

　難しい顔を良衛はした。

　まだ修業中のことだ。一心不乱に和蘭陀流外科を学んでいた良衛を杉本忠恵《すぎもとちゅうけい》が危ぶんだ。

「開業医は本道も外道もできて一人前だ。外道ばかりでは、怪我人しか診られぬぞ。戦場医師ならばそれでいいが、泰平の世ではちとつらい」

杉本忠恵は開業医は万能であるべきだと良衛に教え、当時日本一の名医と名高かった京の名古屋玄医を紹介してくれた。

そして良衛は、父蒼衛《そうえい》が隠居するまで、名古屋玄医のもとで本道を学んだ。

「先生はお身体を悪くなされていると聞く」

良衛が顔をしかめた。

名古屋玄医が医者を目指したのが、蒲柳《ほりゆう》の質で苦労したからであった。幼少から病を繰り返したが、あまりよい医者に当たらず、歩行に障害が出た。さらにかなり吃音《きつおん》が強く、人との会話も苦労するほどであった。

それでも名古屋玄医は勉学に励み、漢方において本邦一と言われるまでの碩学《せきがく》になった。

「学問だけで、患家を治せぬ医者になんの意味がある」

また実証を主義とした治療を心がけ、名医としての評判も恣《ほしいまま》にしていた。

当然、弟子入りを望む者は多かったが、学ばない者、努力しない者を嫌い、名古屋玄医の門下生という看板だけを求めてきた者を放り出すほどの気概もあった。

その名古屋玄医も、良衛が父の隠居に伴う家督相続で江戸へ帰ってすぐ、四十六歳のおりに中風のような病を発症、両手の機能を失ってしまった。

「名古屋先生でございましたか」

女将が目を見張った。

「知っているのか」

良衛は尋ねた。

「京の者で名古屋先生を存じておらぬ者などおりまへん」

女将が手を振った。

「今もお屋敷におられるのかの」

「いいえ。お身体を悪くなされてからは、治療はなさらなくなり、医院は閉じられました……」

「……閉じられた」

良衛は息を呑んだ。

医者が診療をやめる。これは重い行為であった。患家を治せなくなったと気づいたとき、自ら判断しなければならない。医者は何歳になろうともやり続けることができるからだ。大工や鳶《とび》のように、高いところに上れなくなったから隠居するといった自覚がなかなかでないのが医者である。医者は患者を診て薬を出すのが仕事である。それこそ、目が見えなくとも、立ち上がれなくともやろうと思えばやれる。

事実、足の悪かった名古屋玄医は的確な診断と治療で名高かった。

医者が辞めなければならないのは、患家を誤診したときだ。

もちろん、医者も人である。神ならぬ身、診断を誤ることはある。しかし、大工が柱の長さを切りまちがえるのとは違い、医者の誤りは人命にかかわる。

人命を気にしない算術医者が増えてはいるが、誤診を医者はしてはならない。万一、誤診をしたならば、全力でその後始末をし、二度と同じ過ちをしないようにする。

これができなくなったとき、医者は死ぬ。

「先生……」

良衛は名古屋玄医がどれだけ辛《つら》い思いで判断したかと思いやった。

「では、先生は今なにを」

なかなか京まで足を運べない良衛は、盆暮れの挨拶だけは続けていた。その返事はいつも届いている。前から手の動きも鈍く、代書専門の弟子がいたため、手紙の字から名古屋玄医の病状に良衛は気づくことがなかった。

「先生ならば、一条上《いちじょう》がるの浄福寺《じょうふくじ》さんの離れで著作に励んでおられまする」

「さようか。先生はまだがんばっておられるのだな」

良衛はほっとした。

診療と同様に名古屋玄医は著述に熱心であった。

「人を治すのは医者の使命である。そして、後進に道しるべとなる書を残すのは先達の役目だ」

名古屋玄医は、患者を診るか、古典を紐解《ひもと》き、その解釈を本にするか、そのどちらかで日を過ごしていた。

「身体の弱い愚昧は、いつ死ぬかわからぬ。愚昧が死ぬのはいい。人はいつか死なねばならぬ。早いか遅いかだけの違いである。だが、得た知識まで死なせるわけにはいかぬ。愚昧ていどの知識でも、医学の発展には役立つ」

名古屋玄医は動かなくなった手をあきらめ、弟子に口述筆記をさせながら寝る間もおしんで知識の保存に努めていた。

「お目にかかりたい」

心底から良衛は名古屋玄医を尊敬していた。

「名古屋先生なら、お公家衆とも親しいと思いますえ」

「しかしなあ……」

尊敬する名古屋玄医を己の事情に巻きこんで良いかどうか、良衛はためらった。

「若先生。とにかくお目にかかってからで」

三造が提案した。

「そうだな。かといって手ぶらではいけぬ」

十年ぶりに近いのだ。恩ある師のもとを訪れるのに土産なしというのは、申しわけなかった。

「なにがよいかの」

「食べものというわけには……」

「いかぬな。お身体を悪くされているのだ。食べてはいかぬものがある」

名古屋玄医の病状を確認していない良衛は、食べものを土産にはできないと首を左右に振った。

「墨なんぞ、いかがで」

女将が口を挟んだ。

「著述をなさるのに、紙と墨は必須でございましょう。紙だと運ぶに重すぎますし、場所もとりましょう」

「なるほどな」

良衛は納得した。

「墨はどこに」

「それやったら、三条に竹屋《たけ》はんという墨屋がおます。うちからやったらすぐでっせ。これくらいのものと指定してくれはったら、買いに行かせますけど」

問うた良衛に女将が応じた。

「頼めるか。これで買えるだけの量を頼む。最上級ではなく、そこそこのものでよいから、多く買ってくれ」

良衛は懐から一両出した。

「こんなに……一生使い切れませんえ」

女将が驚いた。

子供が手習いをする安墨なら、一個十文ほどである。少し上等なものでも百文も出せば足りる。もちろん、金で絵を描いたものや字の書かれたもので、名人が練った墨ともなれば、一個で百両することもある。このあたりまで来ると実用ではなく、見栄えで買うもので、一般庶民の手に届くものではなかった。

「それでいい。金を余らせないでくれ。買えるだけ目一杯な」

良衛は釣りを出すなと告げた。

「では、ごめんやす」

一礼した女将が出ていった。

五
「若先生……」

三造が額にしわを寄せた。

「縁を切れませぬか」

「対馬守さまとか……だめだろうな。吾に利用する価値がある限り、離してはくれまいよ」

良衛は大きく首を横に振った。

「典薬頭さまのお力をお借りしても」

「無理だ。典薬頭の権は小さい。せいぜい医師の人事に口を挟むのが精一杯だ」

幕府に二人しかいない典薬頭だが、その権は小さい。そもそも幕府は戦をするためのものなのだ。武が主であり、文は従と決まっている。武でも文でもない医は、より軽く見られている。なにせ殿中での席次でいけば、奥医師以外、役付の医者は馬医よりも下座なのだ。馬が軍事に重要なためとはいえ、どれほど医が軽視されているかわかろうというものである。

「ですが、このままでは……」

「わかっている。わかってはいるが……」

泣きそうな三造に、良衛も苦渋に満ちた顔をした。

「主を替えてはいかがでございましょう」

「……幾か」

天井裏から降ってきた声に、良衛が反応した。

「お邪魔しても」

「普通に廊下から来い」

幾の求めに、良衛が言った。

「見張りの目がございまする」

良衛の言葉に幾が返した。

「……見張り」

「はい。階段を上がったところに一人」

怪訝な顔をした良衛に幾が告げた。

「大目付さまのご指定宿でございまする。さきほど自ら目付かと女将のことを仰せでございましたでしょう」

小さく幾が嘆息した。

「そうだったな。よいぞ」

女将が大目付の手の者とわかっていながら、油断していた己に良衛は苦笑した。

「ご無礼を」

幾が天井板を外して、音もなく降りてきた。

「その姿は……」

「伊賀《いが》者の忍姿でございまする」

闇に溶けこむよう濃い茶色一色で染めた忍装束に幾が身を包んでいた。

「小袖《こそで》で天井裏は、ちょっと」

「汚れるか」

「はい。旅先で小袖を洗うわけにも参りませぬので」

幾が首肯した。

「雑談をしている暇はございませぬ。墨を買い求めたならば、女将が戻って参りましょう」

「そうだな。主を替えろと申したようだが、誰に縋《すが》れと言うか」

話を急かした幾に、良衛は問うた。

「大奥」

「なんだと」

「声が大きゅうございまする」

驚いた良衛を、幾がたしなめた。

「すまぬ。しかし、大奥が大目付に勝てるのか」

良衛は疑念を持った。

「勝てまする。女の力は男を動かしまする」

「閨《ねや》……」

三造が思わず口にした。

「…………」

無言で幾が認めた。

「上様を味方につけると」

良衛も理解した。

「御台所《みだいどころ》さまでもお伝《でん》の方さまでも、上様に直接お話しなされまする。そして男は女の睦言《むつごと》に弱いもの」

「おい」

将軍を大奥が操ると言ったに等しい。さすがに良衛は幾を咎《とが》めた。

「これは失礼を」

幾が詫《わ》びた。

「御台所さまにはお目通りを願っておらぬが、お伝の方さまには再三お話を賜っている」

良衛が、男子禁制の大奥で医師とはいえ、自在に動けたのはお伝の方の配慮によった。

「お伝の方さまのご寵愛ぶりはご存じでございましょう」

「ああ。上様のお子さまを二人も産まれている」

将軍にとってもっとも大切なことは、政ではなかった。将軍がしなければならないのは、直系の男子をもうけることである。その男子を産んだお伝の方の権がどれほど大きいか、良衛でも理解していた。

「お伝の方さまから、上様に松平対馬守さまは、いささか……とささやいていただけば……」

「お役御免になると」

「おそらくは。ならずとも、おとなしくはなさいましょう」

良衛の確認に、幾が述べた。

「しかしだな、大目付は愚昧を使うことで利を得ている。なれどお伝の方さまには、なんの利もないぞ」

良衛にできることは医術と剣術だけである。そのうえ、男で大奥へ早々出入りするわけにはいかないのだ。

「お伝の方さまから、お話がございましたはず」

幾が思い出せと良衛に言った。

「お話……」

良衛は目を閉じて、大奥での遣《や》り取りを脳裏に浮かべた。

「……和蘭陀流の産科の」

「ようやくでございますか」

やっと口にした良衛を、幾があきれた。

「忘れても無理はなかろう。愚昧は外道医であり、産科ではないのだ」

良衛は不満を申し立てた。

「甘いことを仰せでございまする。医術を知らぬ者からすれば、お医師はお医師。

外道であろうが、本道であろうが、産科であろうが、すべてに精通していると思いこんでおりまする」

「……たしかに」

幾の言いぶんを良衛は認めた。

事実、良衛は患者からあらゆる病について質問されてきた。患家本人のことならば、目の前に本人がいるだけに、答えようもある。が、良衛が診たことさえない家族の話どころか、酷《ひど》いときは国元の親御の手紙一つで治療法を訊いて来る。

「診ていなければ、なんともいえぬ」

そうやって良衛は逃げたが、患家は納得しなかった。

「そうそう旅立つ前にお伝の方さまより、お言葉を預かっておりまする」

「えっ……」

今思い出したとばかりの幾に良衛は啞然《あぜん》とした。

十日ほど一緒に旅してきた。泊まりはいつも違ったが、それでも夜明けから日暮れ前まで同行していた。話す機会はいくらでもあった。それを京に着いてから、幾が明かした。良衛はその理由がわからなかった。

「なんとしてでも長崎で、子を授かる方法を求めて参れとのことでございまする」

「ま、待て。江戸で旅立つ前に聞かされたのならまだしも、京で言われても困る」

お伝の方の命を伝えた幾に、良衛は反論した。

長崎に医術修業に行く。良衛が大目付松平対馬守に褒美として望んだ。これはまちがいのないことだ。

もちろん、長崎では外道に限らず、いろいろな医学の知識をどん欲に求めるつもりではある。だが、限界はあった。

まず、オランダから長崎へ派遣されている医師が、なにを専門としているかでかなり変わってくる。本道を得意とする医師は、外道に疎いことが多い。

「和蘭陀商館に来ている医師であるが、まず産科ではないぞ」

良衛の言うことは正解であった。

長崎の出島《でじま》でしかオランダ人は日本に滞在できない。少数しか常駐できないのだ。となれば、女よりも男が便利になる。男だけしかいない出島のオランダ商館に産科は無用であった。

「江戸でわかっていれば、あらかじめお伝の方さまにその旨を申しあげておいたものを」

良衛は恨み言を口にした。

「わたくしに苦情を言われても困りまする。わたくしは矢切さまが、江戸を出られてから追いかけるようにと命を受けたものでございますれば」

文句を言われても困ると幾が申し立てた。

「たしかにそうではあるが……」

頭ではわかっていても心では納得できない。良衛は苦悶した。

「他に手はございますまい」

幾が止《とど》めを刺した。

「少し考える。ときはあるのだ」

良衛は開き直った。

「では、お話をお願いいたしまする」

幾が用件を切り出した。

「愚昧が大奥で見聞きしたことか」

「はい」

確認した良衛に、幾が首を縦に振った。

「伊賀者が足の骨を折られたことは知っているか」

「聞いておりまする」

幾も知っていた。

「あれをしたのが、山科の局《つぼね》にいた十六夜《いざよい》という別式女であった」

「あの者でございましたか。たしか京から来たはず」

大奥にいた幾は、十六夜のことを知っていた。

「山科の局がなにを考えていたのか、愚昧は知らぬ。なんのためであったのかも、わからぬ。教えてもらっておらぬからな」

「手足はそのようなものでございまする。すべてを知り、どうするかを考えるのは、頭の役目」

冷たく幾が告げた。

「愚昧が知ったのはそこまでである」

「それだけでございまするか」

終わりだと言った良衛に、幾が呆然《ぼうぜん》とした。

「もっと大きなことを知ったとばかり……」

「ふん」

がっかりされた良衛は、鼻白んだ。

「これ以上、隠しごとなどは」

「しておらぬ。する意味もない」

疑惑を良衛は否定した。

「わかりましてございまする。では、これにて」

幾が窓枠を伝って天井裏へと戻った。

「山科の局について、なにか知っておるのか」

去ろうとした幾へ、良衛は尋ねた。

「もらいっぱなしというのも気が重いことでございますな」

幾が足を止めた。

「山科の局は、京の出で、四代将軍家綱さまの御台所顕子《あきこ》さまが江戸へ下られるときに、供してきた公家の娘」

「それくらいはお伝の方さまより聞いている。それ以外のことを……」

さらなる情報を求めた良衛は、天井裏から気配が消えていることに気づいて、言葉を切った。

「どうかなさいましたか」

三造が怪訝な顔をした。

「いなくなったわ」

「むっ。無礼な。世話になった礼もなしとは」

良衛の答えを聞いた三造が不満を口にした。

「先日の弟子を装った男といい、昨今の若い者はなっておりませぬな」

三造が憤った。

「年寄り臭いことを言うな。若い者は云々《うんぬん》と言い出すのは、年寄りの証拠だぞ」

良衛は注意をした。

「歳も老いまする。わたくしがお襁褓《むつ》を替えさせていただいた若先生が、今や寄合医師さまでございますから」

「かなわぬ」

子供のころのことを持ち出されてはなにも言えなくなる。良衛は苦笑した。

「よろしおすか」

入室の許可を求める女将の声はした。

「ああ」

「ごめんやす。墨が届きましたえ」

女将が大きな風呂敷を抱えて入ってきた。

「すまなかったな。端数の釣りは納めてくれ」

他人にものごとを頼めば、それだけの心付けを渡すのは常識であった。

「おおきに」

すなおに女将が受け取った。

「ところで、お連れさまのお姿がおへんのどすけど」

窺うように女将が良衛を見た。

「知らぬぞ」

良衛はとぼけた。

「どちらのお方ですやろ」

「さあ、三島《みしま》から同行してきただけだからな。女の一人旅は危ないということでな」

世間が納得する理由を良衛は並べた。

「宿賃の支払いは知らぬぞ」

良衛は幾の尻《しり》ぬぐいはしないと宣した。

「それは大丈夫で。ちゃんと部屋に代金は置かれておりました」

女将が手を振った。

「では、よいな」

良衛は話を打ち切った。

翌朝、良衛は三造に墨を包んだ風呂敷を持たせ、浄福寺へと向かった。浄福寺は、御所の手前、一条にある。三条の布屋からはすぐであった。

「名古屋先生なら、あちらの宿坊に」

山門で出会った僧侶《そうりょ》が指さした小さな宿坊を良衛は訪れた。

「ごめんくださいませ。江戸の矢切良衛でございまする。名古屋先生はおられましょうや」

大声で訪《おと》ないをいれた良衛に返ってきたのは、しばしの沈黙であった。

「お手数ながら、庭へお回り願いたく」

少ししてから返事があった。

「や、矢切」

庭へ回った良衛を、布団に背を預けた名古屋玄医が待っていた。

「か、顔を」

「ご無沙汰いたしておりまする。先生のご病状も存じあげず、申しわけありませぬ」

良衛は縁側で平伏した。

「し、報せて、お、おらぬのだから、き、気にするな」

名古屋玄医が首を左右に振った。

「はい。先生、土産と言うほどのものではございませぬが。三造」

風呂敷包みを開けと、良衛は三造に合図した。

「へい」

三造が風呂敷をほどいた。

「御著述にお使い下さいませ」

「こ、こんな、に、か」

その量に名古屋玄医が驚いた。

「とても足りますまいが」

「……す、すまぬ、な」

名古屋玄医が涙を流した。

「使い、きるまで、死ねぬ」

「はい。足りなくなれば、またお持ちいたしましょう」

良衛も声を湿らせた。

名古屋玄医は、良衛の心遣いに気づいた。

墨を使い切るまで死なないでくれ。なくなりそうになったら、報せてくれれば追加する。

良衛が大量の墨を、使い切れぬほどの量を持ってきたのは、病の名古屋玄医へ、長生きしてくれとの想いを伝えたかったからだ。

「…………」

「先生」

子弟二人はしばし見つめ合った。

「で、な、なにしに」

「長崎へ遊学を許されました。その途中、先生にお目にかかりたく」

問われた良衛は京へ来た理由を述べた。

第四章　都の暗闘

一

良衛《りょうえい》は名古屋《なごや》玄医《げんい》の求めに応じ、和蘭陀《オランダ》流外科術や長崎《ながさき》から伝わってきた新薬についての話をするため、浄福寺《じょうふくじ》の宿坊へと日参していた。

「ほ、宝水《ほうすい》とい、いう薬は、ど……」

昔よりもきつくなった名古屋玄医の吃音《きつおん》だが、慣れてくるとその意味は伝わる。

「眠り薬の強力なものでございまする」

良衛は宝水の説明を続けた。

「多少の痛みならば目覚めぬほどに強力ではございますが、呼吸にさほど強く作用が出ないところから見て、刀で切ったり、突いたりすれば、患家が反応いたしましょう」

　さすがに他人の身体で実証をするわけにはいかない。類推でしかないが、良衛は薬は慎重に使うべきだとの考えを持っていた。

「先日、宇無加布留《うにこうる》が急騰したことをご存じでございましょう」

「あ、ああ。ぐ、愚昧《ぐまい》のところ……」

「先生のもとにも売ってくれが参りましたか」

　あの狂騒は江戸《えど》だけでなく、京、長崎にまで及んでいたと知った良衛は苦笑した。

「う、うむ。こ、断った」

　名古屋玄医が唯一まともに動く首を大きく縦に振った。

「く、薬はか、患家のもので、あ、商いの道具では、な、ない」

　治療から離れたとはいえ、名古屋玄医は医者であった。

「畏《おそ》れ入りまする」

　その心構えに、良衛は頭《こうべ》を垂れた。

「新薬、高貴薬というのは、噂が先走りまする。まるで万病に効くかのように言われ、無駄に高い値段になる。そうなれば、もう庶民では手が届きませぬ。宇無加布留がひとかたまり千両という金額になったと聞いたときは唖然《あぜん》といたしました」

「お、愚かな」

名古屋玄医が驚嘆した。

「先生は、宇無加布留をお使いになったことが」

「あ、ある。だ、だが、ちょ、著効あるとは、か、感じなかった」

さほど効果があったようには思えなかったと名古屋玄医が首を左右に振った。

「さようでございましたか」

「ま、まだ残って、いる。も、持って行け」

「ご冗談を。とてもいただけませぬ」

名古屋玄医の好意に良衛は手を振った。

一時の狂騒は収まったとはいえ、宇無加布留は長崎からの輸入に頼るしかない稀《き》少《しょう》薬である。典薬頭《てんやくのかみ》の今大路《いまおおじ》兵部大輔《ひょうぶだゆう》でさえ所持していないのだ。とても良衛の手に負えるものではなかった。

「も、持ち腐れだ」

名古屋玄医が寂しそうに笑った。

「医者名古屋玄医は、し、死んだも同然」

まともに動けなくなった名古屋玄医は治療から退くしかなくなった。たしかに目も利き、鼻も耳もまだ使える。診断だけでもすれば、未熟な医者の誤診を防げると思われるだろうが、名古屋玄医は今回の病で手指の感覚を失っていた。

触診は医者にとって重要な診断法である。

「夜具の上から触っているようだ」

それが名古屋玄医を現場から去らせた。

「み、未練だ」

良衛に向かって名古屋玄医がほほえんだ。

「や、矢切《やきり》に、ならば、託せる」

「先生」

師の言葉は、良衛を感激させた。

弟子が師より後を継げるのはおまえだと言われたのだ。良衛は黙って平伏した。

「な、長崎、か、帰りに」

「はい。寄らせていただきまする」

「そ、その代わり……」

「わかっておりまする。長崎で得たものをすべて先生にお話しいたしまする」

名古屋玄医の要望を良衛は理解していた。

「出雲《いずも》」

口述筆記している弟子の名前だけは、呼び慣れているためかつっかからない。名古屋玄医が弟子を呼んだ。

「か、金を」

「お待ちくださいませ」

うなずいた弟子が、奥の部屋へと引っ込み、すぐに戻ってきた。

「百両あればよろしゅうございましょうや」

弟子が切り餅《もち》を四つ並べた。

「う、うむ。これをさ、西海屋《せいかい》へ」

「わかりましてございまする」

出雲と呼ばれた弟子が首肯した。

「矢切さま」

出雲が良衛へ身体を向けた。

「この金を長崎磨屋町《とぎやまち》の薬種問屋西海屋へ為替で送っておきまする」

為替は高額の現金を遣《や》り取りする危険を避けるため、つきあいのある商人や得意先などが金の代わりに送るものだ。そこに書かれている金額と同じだけの価値を持ち、半年や一年といった節季ごとに決済する。

名古屋玄医に代わって出雲が説明を続けた。

「西海屋は先生とおつきあいのあった薬種問屋でございまする。そこに預けますゆえ、矢切さまが長崎で買うだけの価値があるとお考えになられた医書がございましたら、この金でお買い求めのうえ、京までお送りくださいませ」

「わかりましてございまする」

名古屋玄医の向学心に良衛は襟を正される思いであった。

「先生、名古屋先生は、ご在宅でおへんか」

不意に宿坊の入り口で大声がした。

「ごめんを」

出雲が応対に向かった。

「……先生、往診の依頼でございますが……」

しばらくして、使いの男を伴って戻ってきた出雲が、言いにくそうに告げた。

「こ、ことわれと、も、申し……」

名古屋玄医が強く手を振った。

「わかっておりまするが、患家が……」

出雲がおずおずと口を開いた。

「わたくし久我《こが》家の雑司で立花典水《たちばなてんすい》と申します」

老年の男が名乗った。雑司とは公家《くげ》の雑用をする小者《こもの》である。それでも羽林家《うりんけ》格の久我家ともなると、雑司でさえ少初位という最下級ながら官位を持っていた。

「旦那《だんな》さまが、急に苦しまれて」

「ほ、他の医師が」

「三人招きましたが、誰もわからへんと首を振りはって。で、最後のお一人が、名古屋先生ならばと……」

「…………」

縋《すが》るような立花典水に、名古屋玄医が辛《つら》そうな顔をした。

「い、今のぐ、愚昧は……なにもできぬ」

そこまで言った名古屋玄医が、良衛を見た。

「わたくしでございますか」

その眼差《まなざ》しの意図するところを、良衛は読みとった。

「くれ」

短く名古屋玄医が告げた。

「お役に立てるかどうか、わかりませぬが」

「あんたはん、どなたや」

師と弟子の間でかわされる遣り取りから外された立花典水が、不審そうな顔で良衛を誰何《すいか》した。

「名古屋先生の弟子で、幕府寄合医師の矢切良衛と申す」

小者とはいえ、相手は官位持ちである。良衛はていねいに名乗った。

「幕府の寄合医師……」

立花典水が驚いた。

「長崎へ遊学の途中で、お立ち寄りになられておりました」

出雲が代弁した。

「大事おまへんか」

腕を立花典水が問うた。

「ぐ、愚昧よりう、腕はた、立つ」

名古屋玄医が保証した。

「ほな、すぐに来ておくれやす。今朝がたから、旦那はえらい苦しみようでんね」

立花典水が良衛の代診を認めた。

久我家の屋敷は御所乾《いぬい》御門の北にあった。浄福寺からさほど離れてはいない。

「立花さま、久我さまの病状を詳しくご説明くだされ」

歩きながら良衛は立花典水に問うた。

「昨夜はご機嫌うるわしゅうおはりました。それが今朝、起きられるなり気分が悪いと仰せられて、そのままお伏せりで」

「発熱や嘔吐《おうと》などは」

「畏れ多て、誰も旦那さまにお触れやおへんので、お熱はわかりへん。吐き気はお有りでも、戻されてはおへんな」

「お通じはいかがであろう」

「わかりまへん」

「朝はお召しあがりか」

「お白湯《さゆ》だけで、ものはなにも」

立花典水が答えた。

「……………」

まったく役に立っていないと良衛は鼻白んだ。

体調が悪いならば、まず、体温を測るのが常識である。

「お脈は取られたか」

「知りまへん。旦那さまのお部屋に、わたいは入れまへんよって」

確認した良衛に立花典水が首を横に振った。

「着いたで、なかへ入り」

立花典水が潜り門を開けた。

「なかなかに立派な……」

良衛は玄関を見て感心した。

「当たり前や。当家は村上源氏《むらかみげんじ》の流れで太政大臣六条雅実《ろくじょうまさざね》を祖とする清華家《せいがけ》や。そこいらの雑公家と一緒にしいな」

立花典水が胸をはった。

「念を押すけど、旦那さまは中納言という高位のお方や。無礼はあかんで」

奥へ連れていきながら、立花典水が釘《くぎ》を刺した。

「わかっておりまする」

患家を診ないことには、なんにもできない。良衛はとりあえずうなずいた。

「旦那さま、名古屋玄医先生の代理を召しましてございまする」

御簾《みす》の手前で、立花典水が平伏した。

「………」

「ほな、入り」

返答はなかったが、立花典水が良衛を促した。

「ごめんを」

言われて良衛は少しだけたくしあげられた御簾の下を潜った。

「幕府寄合医師矢切良衛と申しまする。師、名古屋玄医に代わりまして、拝診させていただきまする」

両手をついた良衛は、名乗りを終えるなり、患家へ近づいた。

「無礼もの」

久我通誠《みちとも》の足下に控えていた女が良衛の遠慮ない行動に目を剝《む》いた。

「お静かに」

良衛は手を突き出して、女を制した。

「………」

女の声に、目を開けた久我通誠がわずかに良衛を見たが、声を出すことなくふたたび目を閉じた。

「ご無礼つかまつる」

良衛は遠慮なく手を出し、久我通誠の額に触れた。

「き、きさま……」

女が顔色を変えた。

「熱はわずか」

呟《つぶや》いた良衛は、続けて久我通誠の左首に手を添えた。

手首で測ることの多い脈だが、患者が弱っていると触知しにくいときがある。そんなときは、首にある大きな動脈を探った。

「多く、速い。が、乱れはない」

続けて良衛は久我通誠の夜具を剝《は》ぎ、夜着の胸元をくつろがせた。

「こ、こ……」

あまりのやり方に、女が金切り声をあげかけた。

「静かに」

厳しい声を良衛が出した。

「わ、妾《わらわ》を誰だと……」

「…………」

目を吊《つ》り上げた女を無視して、良衛は久我通誠の胸に耳を当てた。

「やはり速いな。雑音は聞こえない」

呟いた良衛は顔を上げた。

「口を開けていただけまするか」

良衛は久我通誠の耳元で声を出した。

「……ああ」

か細く答えた久我通誠が口を小さく開けた。

「舌は白くなく、逆に赤みが強いか。歯肉も充血しているようだ」

手早く良衛は見てとった。

「お辛ければ、お声をお出し願わなくとも結構でございまする。その場合、諾ならば瞬きを一度、否ならば二度お願いいたしまする」

「…………」

無言で久我通誠が瞬きを一度した。

「頭痛はございませぬか」

「周りが赤くゆがんで見えましょうか」

「…………」

最初の質問に一度、次の質問にも一度、久我通誠は瞬きした。

「おそらく昇気熱血だな」

昇気熱血とは頭に血が上った状況を示す。動悸《どうき》が激しくなり、酷《ひど》いときは血が目まで回り、見えるものすべてが赤くなることもある。

「卿《きょう》、少し目を閉じてくださいませ」

「…………」

声もなく従った久我通誠の両目を、まぶたの上から良衛は軽く押した。

「いかがでございましょう。少し楽になられましたか」

手を離した良衛が問うた。

「…………」

久我通誠がまぶたを強く一度瞬かせた。

「そ、そなたはなにをしたかわかっておるのか」

女が真っ赤になっていた。

「診断でござる」

「無礼者」

女が大声で叫んだ。

「な、なんでございますやら」

外で控えていた立花典水が御簾を跳ね上げて入ってきた。

「典水、この者を放り出せ」

女が良衛を指さした。

「御母堂さま、なにを……えっ」

激怒している久我通誠の母に驚いた立花典水が、夜具を奪われ、胸をはだけた旦那の姿に絶句した。

「無礼はくれぐれもせんようにと念を押していたやろ」

立花典水も目の色を変えた。

「無礼はしておりませぬ。これはすべて診察に入り用なこと」

堂々と良衛は胸を張った。

「し、診察」

母堂が目を白黒させた。

「しかしやな、ものには限度というものがあるやろう。旦那さまは中納言であらせられる。下々の者など、見える範囲に入ることさえ許さんほどのお方や」

立花典水が説教した。

「医者には、お偉い方も下々もござらぬ。医者にあるのは、患家かどうかだけ」

「…………」

「そんなことあらへんわ。医者でも偉いお方には気つかうはずや」

母堂が唖然とし、立花典水が抗弁した。

「医者は法外でござる」

世間とは違うと良衛は応《こた》えた。

「さて」

良衛は久我通誠の身形《みなり》を整えた。

「どこへ行きやる」

立ちあがった良衛に母堂が訊《き》いた。

「薬を手配しなければなりませぬので」

「吾子《わこ》さまの病は治るのかえ」

母堂が勢いこんだ。

「卿は塩気をお好みでございましょう」

「そのようなことはない。多少、濃いめの味をお好みではあるが、塩を口にされるようなことは」

「直接塩を摂《と》られるという意味ではございませぬ。卿は漬け物や干物がお好きではございませぬか」

「たしかに漬け物と海魚はお好みである」

母堂が認めた。

「やはり」

良衛は己の診断がまちがっていなかったとうなずいた。

「ことは急を要しまするぞ」

「どこへ行くのじゃ。医者が吾子さまの側を離れては……」

母堂が不安そうな顔をした。

「名古屋玄医先生のところに薬を取りに行くだけでございまする」

「薬……名古屋玄医のもと……できるだけ早《はよ》う戻りや」

名古屋玄医の名前は大きい。すぐに許可が出た。

「御母堂さま。卿の頭を高めにして、血が足へ落ちるようにお願いをいたしまする」

良衛は指示して部屋を離れた。

「典水、付いて行きゃれ」

「はい」

母堂に言われた立花典水が後を追った。

二

浄福寺まで良衛は走り続けた。

「ま、待ってくれんかいな」

泣きごとを言う立花典水を置き去りにして、良衛は宿坊へ駆けこんだ。

「ど、どうや」

「昇気熱血の模様に見えました」

問われた良衛は述べた。

「出雲。た、代赭石《たいしゃせき》を」

打って響くように、名古屋玄医が命じた。

「ただちに」

出雲が隣室へと消え、手のひらに赤褐色の石を載せて来た。

「薬研《やげん》はあちらに」

「お借りいたしまする」

受け取った良衛は、薬研のところまでいくと、薬研の船型の底に代赭石を置き、輪のような形をした薬研車で叩《たた》いた。

「これで足りよう」

小さなかけらを薬研にかけてすり潰《つぶ》し、粉状にした。できた粉を、金属のへらに載せて、手あぶりの上であぶる。

代赭石には二種類あった。砕いたままの生代赭石と焼いた焼代赭石である。そのうち、降血涼気に使うのは焼代赭石であった。

「うん、うん」

良衛の手際を見た名古屋玄医が満足そうにうなずいた。

「五匁（約十九グラム）でよろしゅうございましょうか」

用量を良衛が確認した。

「く、久我さまのし、性《しょう》は」

「痩《そう》でございました」

「は、初めては、よ、四匁（約十五グラム）で」

名古屋玄医が少し減らした。

焼代謝石は、通常三匁（約十一グラム）から九匁（約三十四グラム）の間で用いられた。

「はい。では、行って参りまする」

良衛は、片隅で呆然《ぼうぜん》と師弟の会話を聞いていた立花典水を放置して出ていった。

久我の屋敷に戻った良衛は、誰の案内も請わず、奥へと入った。

「御母堂さま、白湯をご用意いただきたく」

「……ひえっ」

前触れもなく入ってきた良衛に、母堂が声をあげた。

「う、典水はどういたした」

「あっ。置いてきてしまいました」

良衛はようやく気づいた。

「そなたは……いや、医者らしいの」

母堂があきれた。

「白湯であったな。誰ぞ、白湯を持ちやれ」

母堂が命じた。

すぐに白湯が用意された。

「これをお飲みくださいませ」

母堂に代わって、久我通誠の上半身を支えた良衛が薬を差しだした。

「…………」

久我通誠が薬をなんとか飲みこんだ。

「お部屋を暖めすぎぬようにして、お休みくださいませ」

良衛は安静を指示した。

「では……」

「待ちやれ」

辞去しようとした良衛を母堂が止めた。

「帰るでない。吾子さまの側におりやれ」

母堂が待機しろと言った。

「……わかりましてございまする」

他に患者はいない。良衛はうなずいて、部屋の隅で控えた。

「……腹が空《す》いた」

二刻《とき》（約四時間）ほど経ったころ、久我通誠が目を開けた。

「吾子さま。お気がつかれたか」

枕元にいた母堂が応じた。

「ご気色はいかがでおわす」

「頭の痛みは消えた。動悸も落ち着いておる」

まだ力のない声ながら、久我通誠が答えた。

「医師」

「ごめん」

母堂から呼ばれて、良衛は膝行《しっこう》した。

「……そなたが医師か。大きいな」

久我通誠が感心した。

「拝診させていただいても」

「許す」

良衛の求めに、久我通誠がうなずいた。

「……落ち着かれた様子でございまする」

一通り診て、良衛は安堵《あんど》した。

「助かったぞ。死ぬかと思ったわ」

小さく久我通誠が笑った。

「麿《まろ》はどうなっていたのだ」

「圧が強くなり、頭に血が上ったまま降りなくなっていたのでございまする」

「なぜそうなった」

「卿は塩気とお酒、煙草も」

「どれも好みである」

すなおに久我通誠が認めた。

「そのどれもが、頭に血を上げまする。頭は頭蓋《ずがい》という骨のなかに脳髄が納まっていることはご存じでございましょう」

「見たことはないがの」

久我通誠が肯定した。

「皮袋に一杯水をいれた状態が頭だとお考えいただけばおわかりやすいかと」

「なるほどな。頭に血が上るというのは、皮袋の大きさ以上に水を送りこもうとした状況だと申すか」

「おわかりの早い」

良衛は感嘆した。

「それを塩や酒が起こしたと」

「はい」

「控えねば……」

「……………」

良衛はわざと無言でいた。

「さきほどの薬を飲んでいればよいのであろう」

母堂が口を挟んだ。

「いいえ。薬が間に合うとは限りませぬ。最初に強大な圧がかかれば、柔らかい脳は耐えきれず、潰れてしまいましょう」

正確ではないが、わかりやすい表現を良衛はした。

「ひっ……」

想像したのか、母堂が悲鳴をあげた。

「それに薬で身体を治すより、ならぬように注意するほうが、より正しゅうございまする」

「厳しいの。麿は好きなものを断たねばならぬのだな」

「断たれなくともよろしゅうございまする。我慢は身体に悪うございますれば」

良衛は助け船を出した。

「適量で止めろと」

すぐに久我通誠は理解した。

「お酒は一日一合、漬け物は三食食べていただいてもよろしゅうございますが、よく水洗いしたものを小皿に軽く。煙草は日に三服ほどなれば」

「少ないの。だが、やむを得まい。麿はまだ二十六じゃ。子も小さいでな。早死にすれば、また当家の初官がさがる」

久我通誠が苦い顔をした。

「吾子さま」

母堂も苦い顔をした。

「聞いてくれよ。久我の哀れをな」

大きくため息をついた久我《く》通誠が続けた。

「久我は太政大臣の流れを汲む名門だ。家禄も七百石と多い。足利《あしかが》以来征夷大将軍《せいいたいしょうぐん》に奪われた淳和《じゅんな》、奨学《しょうがく》両院の別当でもあった。今でも笛の家元である。公家のなかでは裕福な部類であろうな」

「それで……」

良衛は久我の屋敷が他の公家屋敷に比べて、手入れが行き届いていることに納得した。

「代々大臣を歴任してきたが、六代前の敦通《あつみち》でな、没落した。勅勘を被ったのだ」

勅勘とは、天皇の怒りである。公家が、朝廷の頂点である天皇の怒りを買う。それは旗本が将軍に叱られるのと同様であった。

「情けない話でな。その原因が、敦通と勾当内侍《こうとうのないし》との密通の疑いじゃ。勾当内侍と言ってもわからぬか。帝《みかど》の内旨を司《つかさど》る役目でな、公家の出世に大きな影響力を持つ。その勾当内侍と久我敦通が不適切な仲になったと疑われ、後陽成《ごようぜい》天皇からお叱りを受けた。問題は、その後じゃ。ちゃんと弁明し、詫《わ》びるべきは詫び、否定すべきは否定しなければならぬというに、敦通は逃げ出したのだ」

「逃げ出した……」

良衛は意味がわからなかった。

「嫡男を連れて京から出ていったのだ。罪を認めたも同然であろう」

「なんと申しあげるべきか……」

相手が相手である。うなずきにくい。良衛はごまかした。

「そのあとを敦通の次男が継ぎ、歴史ある久我は絶えなかったが……昇進は中納言で止められた。主上のお怒りだな」

中納言は御三家の水戸があがれる極官であり、武家で中納言をこえるのは、御三家の残り二家くらいしかなかった。だが、公家ではそれほど誇れる役ではない。

「幸い、吾が父が今上帝のお気に入りとなり、右大臣まであがってくれた。まあ、久我をお嫌いになった後陽成天皇がお隠れになったというのもあるがな。おかげで麿は侍従から始められた。だが、油断はできぬ。公家にとって百年など、昨日のことだからな。いつ敦通のことを言い立てる輩《やから》が出てくるかも知れぬ」

「そのご心労も」

良衛は久我通誠の飲酒や喫煙が、心労によるものと推察した。

「酒がないと、眠れぬ日が多くての」

力なく久我通誠が笑った。

「吾子さま……」

母堂が気遣った。

「さあ、もうお休みなさいませ。御母堂さまも。看病する者が倒れては、病人はたまりませぬ」

良衛が二人とも眠るようにと指示した。

「しかし……」

「そうであるな。さがって休むがよい」

抗弁しようとした母を久我通誠が抑えた。

母とはいえ、身分低い出ならば奉公人扱いになる。言葉は厳しい身分を感じさせるものであったが、久我通誠の右手は労《いたわ》るように母の肩に置かれていた。

「はい」

母堂がうなずいて別室へとさがった。

「産んでくれた母というのは、ありがたいものだの。室は見舞いにさえ来ぬ」

室とは妻のことである。母の後ろ姿を見送った久我通誠が言った。

「さて、お医師よ。薬料はいかほどか」

横になりながら久我通誠が訊いた。

「薬は名古屋玄医先生のもとから拝借いたしてまいりました。薬代は、名古屋先生にお願いをいたしまする」

「では、そちはなにを望む」

「旅の途中でございますれば、別段なにも」

良衛は謝礼は不要と言った。

「そういえば、そちのことを何も知らぬ。眠るまでの間でよい。聞かせよ」

「我が矢切は、徳川《とくがわ》の雑兵でございまして……」

久我通誠の要望に、良衛は語った。

「おもしろいの」

久我通誠が笑った。

「官位も要らぬか」

「はい。医者は法外でございますれば」

「でなくば、麿にあんなまねはできぬわの」

「畏れ入りまする」

良衛は頭を下げた。

「将軍家の医師とは、おもしろい者に治療を受けたな。公家では麿だけであろう。そういえば、今の御台所は鷹司《たかつかさ》卿の姫でござったな」

久我通誠が口にした。

「……一つお伺いをいたしても」

良衛は思いきった。

「なんじゃ。遠慮なく申せ」

「四代将軍家綱《いえつな》さまの御台所《みだいどころ》となられた浅宮顕子《あさのみやあきこ》さまについて江戸へ下った女官で山科《やましな》と申される方をご存じございませぬか」

山科の名前を良衛は出した。

「……山科。名前は知っている。会ったことはない」

少しだけ間を置いた久我通誠が応じた。

「山科は自害したと聞いたが」

久我通誠の声が低くなった。

「そこまで」

「公家はすることがないからの。噂話は大好きなのだ」

驚いた良衛に久我通誠が告げた。

「なぜ山科が自害したか、そちは知っているな」

「…………」

山科の名前を出した良衛は否定できなかった。

「話せ」

「…………」

良衛は沈黙した。

「言えば、麿も語ろう」

「……わかりましてございまする。山科は……」

「六千両とはまた貯めこんだものよな。今時、公家でそれだけの蓄えのあるものはおらぬ。五摂家《ごせっ》でもっとも高禄の九条家《くじょう》で三千石しかない。それだけの金を山科はなににするつもりだったのかの」

聞いた久我通誠が感心した。

「まあよい。約定じゃ。山科について麿が知ることを教えてやろう」

久我通誠が口を開いた。

「山科は松木《まつのき》の一門に繋《つな》がる家の女じゃ。松木はかつて中御門《なかみかど》と称していた藤原《ふじわら》の一門であり、当主松木宗顕《むねあき》どのは、権中納言をお務めだ」

同じ中納言同士である。久我通誠が知っていて当然であった。

「ただの、松木どのには、麿にはない夢がある」

「夢……でございますか」

良衛は首をかしげた。

「ああ。妹姫がな、今上帝のもとにあがっており、男子を産んでおるのよ」

「男子……」

久我通誠の言葉が意味するところは、さすがに良衛でもわかった。

「次の帝」

「うむ。そうなれば松木どのは帝の親戚になる。中納言や大納言で終わることはない。内大臣はかたい」

「他にも皇子《みこ》さまは」

「おられる」

良衛の問いに、久我通誠が首肯した。

「一つ無礼をお許しいただけましょうか」

「今さら一つ二つ増えても同じだと思うぞ」

願った良衛に久我通誠が苦笑した。

「公家方は、お金に……」

許しをもらったとはいえ、直截《ちょくせつ》には言いにくい。最後まで良衛は口にできなかった。

「卑しいぞ。なにせ、名誉や官位では喰《く》えぬからな」

あっさりと久我通誠が認めた。

「六千両あれば……」

「五摂家の半分と清華のほとんどは取りこめようよ」

久我通誠が述べた。

「ありがとうございまする」

良衛は松平対馬守《まつだいらつしまのかみ》の命に対する答えを得た。

三

久我通誠に教わったとはいえ、そのままを報《しら》せたのでは松平対馬守から叱られる。

久我通誠の話が正しいとは限らないからであった。

翌日、久我通誠の屋敷を出た良衛は、松木の屋敷を目指した。

「…………」

良衛は目を見張った。

「牛が車を引いている。あれが牛車か」

松木家の前に牛車が止まっていた。

「……あれで進んでいるのか。歩いたほうが速いぞ」

泊まっていた牛車が松木家から離れていった。

「次が来たな」

牛車がゆっくりと近づいてきた。

「入れ替わり立ち替わりとはこのことなんだろうが……」

半日見ていた良衛はあきれていた。

「のんびりしすぎておろう。京の医者は牛車で往診するんじゃないだろうな。あれなら、助かる病人も死ぬぞ」

良衛はため息を吐いた。

「医者でないからいいのだろうが……身分があるとはいえ、無駄な手間よな。それだけ公家が暇な証《あかし》か」

呟いた良衛はふと違和に気づいた。

「久我家には牛車が来ていない。どころか、見える範囲の公家屋敷で牛車が止まっているところなどないぞ」

良衛はあらためて周囲を確認した。

「ということは、松木家だけに来客が来ている。帝の外祖父になるかも知れぬ公家ともなれば、当然のことか」

幕府でも老中の屋敷には、大勢の客が集まる。

「戻るか」

余り長居していると目立つ。とくに宿でさえ客を一日しか滞在させない京である。

禿頭《とくとう》でさらに長身の良衛は他人目《ひとめ》を引きやすい。

良衛は布屋《ぬのや》へ帰った。

布屋では三造が蒼白《そうはく》な顔で待っていた。

「わ、若先生。ご無事で」

三造が良衛の顔を見るなり飛びついてきた。

「どうした」

「久我さまのお屋敷に入られてからご連絡もなく、かといってお尋ねするわけにもいきませず……」

三造が恨めしい顔で言った。

久我は京でも指折りの名家である。小者《こもの》の三造が訪《おと》ないを入れるわけにはいかない。

「すまなかった」

良衛は連絡不足を詫びた。

「お戻りでございまするか」

女将《おかみ》もやってきた。

「どのような事情になりましたやろ」

経緯を女将が求めた。

「久我さまは落ち着かれた」

「そんなんどうでもよろしいおすえ。対馬守さまより命じられた一件の進捗《しんちょく》をお聞きしておるんどす」

冷たく女将が切って捨てた。

「………」

医者にとっては、天下国家の行く末よりも、患者のことが大事なのだ。良衛は鼻白んだ。

「まさか、二日もあって、なんもわかってないなどと言いはりませんやろ」

女将が疑わしそうな顔をした。

「山科と松木家のかかわりがわかった。それと松木がどういう立場かも」

「それくらい最初から知れておす。他になにかないかと伺っておるんどす」

話す良衛に女将が手を振った。

「……松木の屋敷に牛車がひっきりなしに来ていた」

「牛車が……どなたが乗っているかは」

「御簾が降りているのだ。わかるわけなかろうが」

問われた良衛が首を左右に振った。

「乗り降りするときに、前から出ますやろ。顔見られましたやろ」

「京の公家の顔なんぞ知らぬわ」

良衛が反論した。

「そうでした」

女将が引いた。

「どのような色の衣服だったかはおわかりどすか」

「緑やら紫やら色々であった」

「濃い紫は」

「見た限りではなかった」

立て続けの質問に、良衛は答えた。

「公家は官位で着られる衣服の色が決まっておす。濃い紫は一位だけに許された色。それがなかったということは、五摂家は来ていないと」

「五摂家といえば、公家でもっとも偉いのであろう。いかに、帝の外戚になるかも知れぬとはいえ、五摂家を呼びつけるわけにはいくまい」

良衛は述べた。

「それさえひっくり返すのが金でおす」

「金か……」

良衛もその威力は十分に知っている。いや、医者ほど金の恐ろしさを知る者はいないといっていい。

金があれば、人参《にんじん》などの高貴薬を湯水のように使える。不治の病とされている労咳《ろうがい》でさえ、人参を服用し続けて治ったという話もある。一服で一両小判が飛ぶといわれる人参を、毎日のように飲める患家など、大名かよほど裕福な商人だけであり、庶民には手が出ない。医術は庶民にも等しいが、薬は大きな差を持っていた。

「権兵衛《ごんべえ》」

女将が手を叩いた。

「なんでおます」

すぐに襖《ふすま》が開いて壮年の男が顔を出した。

「愛宕《おたぎ》の屋敷を見ておいで。できればなかまで入ってね」

「へい」

女将の命を受けた男が、すっと襖を閉じた。

「……愛宕」

初めて聞く名前に良衛は首をかしげた。

「松木と同じく、愛宕も娘を女御《にょうご》として帝のお側へあげ……」

「子を産んでいると」

「……………」

良衛が引き継いだ言葉を、女将が無言で肯定した。

「ほな、のちほど」

用はすんだと女将が出ていった。


愛宕通福《みちふく》は、愛宕の初代であった。中院通純《なかのいんみちずみ》の猶子とされたことで家を興したが、その実は彦山《ひこさん》座主権僧正有清《ありきよ》の三男であった。

新家であるため家禄は百七十石と低く、屋敷も御所から離れた清荒神《きよしこうじん》前にあった。

「閑院《かんいん》、広橋《ひろはし》、冷泉《れいぜい》に勧修寺《かんじゅじ》もだと申しやるか」

愛宕通福が怒声をあげた。

「旦那はん、落ち着きなさって」

歳若い雑司が愛宕通福をなだめた。

「落ち着いてなどおれまいが。このまま見過ごせるか。儲《もうけ》の君が松木に取られるやろう」

愛宕通福が焦った。

「典掃《てんそう》、金を用意せよ」

「無茶を仰せられまする。当家に金がないことは旦那はんもご存じでございましょう」

典掃と呼ばれた雑司が無理だと言った。

「ならなんで、松木は金がある」

「出入りの商人から借りたという話を聞きました」

「うちも借りや」

愛宕通福が命じた。

「貸してくれませんわ」

「なんでじゃ。愛宕も松木と同じ名家やぞ」

あっさりと否定した雑司に愛宕通福が問うた。

「松木さまは四百四十石、そのうえ歴史もお持ち。まず潰れまへん。ときはかかっても返済されましょう。しかし、当家は旦那はんが初代。家禄《かろく》も少のうございますよって、商人の信用が」

「本家に頼んでも……」

「無理やと。猶子はよって子のごとしで養子よりも弱わうございますから」

　ふたたび典掃が首を横に振った。

「中院ではなく、久我さまに頼るのはどうじゃ。久我が中院の本家じゃ。いわば、愛宕は久我の分家」

「枝の上に枝をのせるような話に久我さまがのってくださいますか」

「久我は裕福だと聞くぞ。なにより、今、麿に恩を売っておけば、久我も得をするぞ。皇子が次の帝となり、麿が外祖父になったとき、久我を引きあげてやる。どうだ、これならば、久我も動くだろう」

「どうですやろ」

　典掃が首をかしげた。

「明日、久我を訪ねる。朝一番で使いを出しておけ」

　前触れなしの訪問は無礼であった。

「へい」

気乗りしない様子で典掃がうなずいた。

「久我を頼るか……」

主従の遣り取りを天井裏から、権兵衛が聞いていた。

「お頭に報告せねば」

静かに権兵衛が愛宕の屋敷から抜け出た。

権兵衛の話を聞いた女将は、その足で京都所司代へと急いだ。

京都所司代は御所の北にあり、稲葉美濃守《いなばみののかみ》の息子稲葉丹波守正往《たんばのかみまさゆき》がその任にあった。

「むうう」

話を聞いた稲葉丹波守が唸《うな》った。

「いかがいたしましょう。松平対馬守への報告もどのようにいたせば」

女将は京都所司代へ寝返っていた。

「要らぬことをしてくれる。大目付が朝廷の監察を任とするのは確かだが、これが定められたのは柳生但馬守《やぎゅうたじまのかみ》宗雄が惣《そう》目付だったころの話である。お飾りとなった大目付が口出しをしていいところではないのだ。朝廷という魑魅《ちみ》魍魎《もうりょう》の棲《す》み家は」

稲葉丹波守が吐き捨てた。

「遠く離れた江戸から、京に手出しをする。それも自ら来るならばまだしも、医者を手先に使うなど……毒だな。対馬は」

苦々しく稲葉丹波守が顔をゆがめた。

「所司代さまから、ご老中さまへ申しあげて、松平対馬守を罷免なさっては」

女将が提案した。

「時期が悪い。あと一年早ければ……」

稲葉丹波守が小さく首を左右に振った。

「丹波守さま……」

「余は今、遠慮中じゃ。まだ罷免されてはおらぬが、そう遠くないうちに京を離れることになるだろう。将軍に睨《にら》まれた京都所司代の意見など、老中たちが聞くわけもない。父も表にはもう出られまい」

「丹波守さまにはかかわりのないことでございましょう。稲葉石見守《いわみのかみ》のしたことは」

女将が弁護した。

稲葉石見守が大老堀田筑前守《ほったちくぜんのかみ》を城中で刺殺した影響は、京にも及んでいた。堀田筑前守が死ぬ寸前に京都所司代に任じられた稲葉丹波守は、稲葉石見守の一族であったのだ。

己を将軍にしてくれた功臣、幕政のすべてを委託してもまちがいないと信じていた寵臣《ちょうしん》を殺された綱吉《つなよし》の怒りはすさまじく、遠く離れた京にあり、どう考えても一件にかかわっていない稲葉丹波守まで咎《とが》めた。

もちろん、無実だと誰もがわかっている稲葉丹波守である。まさか切腹や改易に処すわけにはいかず、遠慮というもっとも軽い罪を与えられただけであった。

が、将軍から咎められる。これは役人にとって重い。奏者番、寺社奉行、京都所司代と順調に出世してきた稲葉丹波守は大きな傷を負った。

「朝廷は扱いが難しい。所司代は誰にでも務まるものではない。後任選びに手間取っているだけで、決まればすぐに余は外されよう」

「……………」

事実である。女将も黙った。

「まったく、石見守も愚かだ。堀田筑前守に恨みがあるならば、他にやりようもあったであろうに。霊元《れいげん》帝のおかげで朝廷が幕府嫌いのおりに、所司代を替えさせるようなまねをしおって」

稲葉丹波守の怒りは、死んだ稲葉石見守に向けられた。

「山科のことも対馬守の手配であろう」

「だとか。あの医者が働いたようでございまする」

「たかが三千石ていどだから、ものが見えておらぬ。山科が貯めた金は、幕府のためになるはずだったのだぞ。あの金で松木が朝議を押さえ、娘の産んだ皇子を皇太子にする。そのために、袱紗《ふくさ》屋や伊勢《いせ》屋の動きを黙認してきたのだ。霊元天皇のご即位以来、山科を駒に代々の所司代が練った策を出世のために……」

稲葉丹波守が憤慨した。

「山科の金で松木が外祖父になる。後に幕府がおると気づかれず、公家たちを動かす。それが潰れかねぬ」

「はい」

女将が首肯した。

「なにより、幕府が帝の継承に口出ししたとの反発を喰らうのはまずい。そうなれば、松木から愛宕に流れが変わりかねぬ」

「愛宕はいけませぬか」

「いかぬな。そなたは愛宕が彦山座主有清の子だと存じておろう」

稲葉丹波守が確認した。

「はい」

「では、その彦山座主有清が誰の子が知っておるか」

「あいにく、そこまでは」

女将が首を左右に振った。

「岩倉具堯《いわくらともたか》の次男である」

「……岩倉ということは、久我の分家。二重の縁」

女将が驚いた。愛宕通福を猶子にした中院家も久我の分流であった。

「そうじゃ。岩倉具堯は久我晴通《はるみち》の四男だ。このころまで久我は村上源氏の嫡流として代々源氏の長者であった」

「源氏の長者といえば将軍家ではございませぬか」

女将が驚いた。

「そうだ。そして源氏の長者には淳和別当職が付く。淳和院は乱世で焼かれ、現存していないが、その名は重い。淳和院は帝に繋がる尼僧をまとめる役目を兼ねており、全国の尼寺に大きな影響を持つ」

「尼寺……尼僧の出世を」

「うむ」

女将の言葉を稲葉丹波守が認めた。

「出世には金がからむ。久我は源氏の長者を武家に奪われたことを恨んでおろう。もっとも、本家たる久我は、敦通の醜聞で力を落とし、とても幕府になにかしでかす気はあるまい。帝に嫌われ、幕府に睨まれれば、いかに清華家の名門公家でも潰されるからな」

稲葉丹波守が告げた。

「では、久我の恨みを岩倉が受け継いでいると」

「ああ。その恨みを晴らすときが、来かかっている。もし、愛宕の孫が次の帝になれば、源氏の長者を徳川より取りあげるかも知れぬ。源氏の長者は征夷大将軍が兼任するのが慣例ではあるが、足利のころ、久我と足利で一代交代をしていたときがあった。それが前例になる」

「そのようなまね、御上がお許しになられますまい」

「いや」

難しい顔を稲葉丹波守がした。

「征夷大将軍を取りあげるというわけではない。幕府は源氏の長者でなくとも開ける」

「では、別段困らぬのではございませぬか」

女将が首をかしげた。

「そなたは知らぬか。徳川がかつて松平と名乗っていたころは、藤原氏を称していたことを」

「えっ……」

稲葉丹波守の口から出た内容に、女将が絶句した。

「織田信長《おだのぶなが》さまと手を組まれたころ、家康《いえやす》さまは藤原の名乗りを源氏に変えられた」

「変えると仰せでございますが、そのようなことができますので」

氏は大切なものである。女将の疑問は当然であった。

「徳川の遠祖に世良田次郎三郎《せらたじろさぶろう》というお方がおられる。このかたは新田《にった》源氏の裔《すえ》であったゆえ、源氏に戻すという形を神君家康さまは取られたのだ。もちろん、それには朝廷の許可が要る。相応の金を遣われただろうが」

稲葉丹波守が説明した。

「……………」

女将がわからないといった顔をした。

「わからぬか。徳川から源氏の長者を取りあげる。徳川は源氏ではないというに等しい」

「あっ」

「すぐにどうということはないだろう。だが、何代か先、将軍の継承で問題が起きたとき、源氏の長者を失ったのが響いてくるやも知れぬ。杞憂《きゆう》であればよいとは思う。が、それをしてのけるのが公家という生きものよ。あやつらは十年先を見てはおらぬ。百年、いや二百年先を読んで動く。徳川が征夷大将軍を受け継いでいく正統を崩すための布石になる」

「……ごくっ」

女将が思わず唾《つば》を呑んだ。

「余が遠慮中でなければ、手も打てる。だが、今はまずい。うかつに動けば、それを理由に足をすくわれる」

「では、見過ごすべきでございましょうや」

「対馬守がそれで納得するか」

「いたしますまい」

はっきりと女将が否定した。

「やはり対馬守を納得させるだけのものが要るな」

そう言った稲葉丹波守が目を閉じて思案に入った。

「その医者を使うしかなさそうだ」

稲葉丹波守が目を開いた。

「どのようになさいまする」

女将が身を乗り出した。

「山科は松木の一門だったな」

「そのように伺っております」

「逆にしてくれよう。山科は松木の一門だが、裏切って岩倉へ付いた形にする」

「それが通りましょうか」

女将が驚いた。

「大目付ていどならば、だまされよう。なにせ、本人は江戸でふんぞりかえっているのだ。鵜《う》飼いの鵜匠は、鵜の獲《と》った鮎《あゆ》は知っているが、その鮎が川のどのへんでなにをしていたかは知らぬ。鵜の収獲を見るだけしかできぬ。ならば、鵜にこちらからつごうのよい鮎を与えればすむ」

稲葉丹波守が小さく笑った。

「なるほど。で、どのように」

「浪人者か無頼は手配できるか」

「できまするが」

「その者たちに医者を襲わせろ。そして後に愛宕がいると思わせればいい。そうよな、山科が愛宕に宛《あ》てた書状でも手に入るようにしてやればよかろう」

稲葉丹波守が策を授けた。

「書状を偽造するくらいは、容易であろう」

「それくらいは」

言われた女将がうなずいた。

「では、山科は愛宕側に寝返っていた。本来愛宕の血を引く皇子が皇太子になるために使われるはずだった金が、医者の動きで止められた。そこで恨みに思った愛宕が、医者を襲う。そのときうまく山科の書状なりが、医者のもとに入る。これでよろしゅうございましょうや」

「うむ」

満足そうに稲葉丹波守が首を縦に振った。

「儂《わし》は動けぬが、町奉行は押さえておく」

「ありがとうぞんじまする。では、ただちに」

女将が一礼して、稲葉丹波守のもとからさがった。

「これ以上傷を付けられてたまるか。稲葉は天下の執政を受け継がねばならぬのだ」

一人になった稲葉丹波守が暗い声で言った。

四

幕府にとって次の天皇が誰になるかは、非常な関心事であった。

二代将軍秀忠《ひでただ》の娘を中宮に迎えた後水尾《ごみずのお》天皇のように親幕府の方が天皇であれば、天下はこともなくすむ。

しかし、その息子霊元天皇は幕府を嫌い抜き、徹底して反抗した。おかげで朝廷と幕府の間に大きな隙間が空いた。

もちろん、天皇が幕府を嫌おうが、朝廷が敵対しようが、天下に波一つ立ちはしない。武力で幕府に勝てる者はいないからだ。外様《とざま》最大の前田《まえだ》家でさえ百万石しかない。総力を挙げて戦いを挑んでも、四万の軍勢が精一杯である。三十万以上の軍勢を出せる幕府とは勝負にならない。

ならば、島津《しまづ》、毛利《もうり》、伊達《だて》、上杉《うえすぎ》などの外様が一斉に蜂起《ほうき》すればどうなるか。どうにもならない。たしかにこれらすべてが手を組めば、幕府にとって脅威になる。が、南の果て薩摩《さつま》島津と江戸より北にある仙台《せんだい》伊達は、どうやっても連携できない。薩摩から島津が、途中にある譜代や親藩を蹴《け》散《ち》らして京へ着く前に、幕府は伊達を滅ぼして、上杉を潰している。

京への戦いで傷ついた島津の軍勢と、後顧の憂いをなくした幕府軍。どちらが勝つかなど子供でもわかる。

では、朝廷と幕府の仲が悪くなってなにが困るのか。

困るのは任官であった。

幕府の象徴である将軍はもとより、各大名たちも皆、官位を持っている。官位を持つことで正統性を主張する。実質は力で支配しているが、それでは簒奪《さんだつ》、あるいは弾圧の誹《そし》りを免れない。

力がなければ生きていけない乱世はそれでよかった。しかし、泰平になると、力が正義はつごうが悪かった。

将軍を含め、大名も世襲になった。いや、世襲にしたい。親は誰でも己が苦労して手にしたものを子供に受け継がせたい。

将軍の子は将軍に、大名の子は大名に、武家の子は武家に、代を繋いでいきたくなる。これは人としての本能であった。

子孫に美田を残さずといった聖賢の教えもあるが、そのようなものは念仏よりも意味を持たなかった。

気に入った女との間にできた子供は可愛い。これは真理である。生まれた子供に愛情をもたないのが当たり前ならば、人は文化も文明も継承できず、とっくに滅びている。次代に技術や知識を受け継いできたから、人は獣の生活から離れ、地上を支配したのだ。

もし、将軍になるには、徳川家康と同じ器量がいるとなれば、幕府は一代で滅ぶ。大名も同じである。仙台の伊達家の当主は、政宗《まさむね》以上でなければならぬなどとなれば、家督の争いが始まる。いや、政宗の血を引いていない者まで参加して、乱世がふたたび始まってしまう。

それを防ぐのが正統であった。

家康の子だから将軍を継いで当然である。大名の嫡男だから家督を相続して問題はない。

これが泰平の秩序であった。無駄な争いを避ける。幕府が子供がない大名を潰し、家督相続でもめた大名に罰を与えるのは、この秩序を維持するためであった。

力で天下を支配する。これを終わらせなければ、いつ誰に奪われるかも知れない。己が豊臣《とよとみ》を滅ぼして、天下を取った家康ほど、この恐怖を持つものはいなかった。力に代わる天下取りの名分、それが朝廷にはあった。

朝廷は神世の時代から連綿と続いてきた。どこから出てきたのかさえ正確にはわからない徳川家、いや、武家とは大きく違っていた。

朝廷は神とされていた。その神は、天下の静謐《せいひつ》を守るためにあり、政などという下卑た仕事は、幕府に任せる。

幕府が天下を治める名分はここにある。そして、大名が領地を治めるのは、幕府からその地に封じられたからなのだ。

ようは朝廷が根本であった。

とはいえ、力なき朝廷に、徳川をどうこうできない。ただ、嫌がらせはできる。将軍宣下を取りやめる、あるいは別の者を征夷大将軍に任じる。だが、この両方は使えない。やれば、まちがいなく幕府は天皇をすげ替える。すでに後水尾天皇の後を、皇子ではなく徳川秀忠の娘が産んだ娘明正《めいしょう》天皇に譲らせるという暴挙をしている。今さら、天皇を隠居させるのをためらうはずなどない。

しかし、他の方法はとれた。

征夷大将軍は別格としても、大名たちが名乗るなんとかの守だとか、なんとか太夫などという官名は、朝廷の思うがままにできた。

朝幕の仲がよければ、大名たちが願う官位が与えられる。さすがに分不相応なものは、許されないが、先祖代々の名乗りであれば、まちがいなく許される。

朝幕の仲が悪ければ、そうはいかない。任官の時期をずらしたり、望んだ官位に難癖を付け、一段低いものにしたりする。

官位の任命は朝廷の専権であり、幕府としても口出しはできない。

これが問題になった。継承の正統が揺らぐ。父の官を認められなかった者は、他者の侮りを受け、恥を掻《か》く。

その恨みは幕府へ向かう。

なにせ、大名の任官は、幕府がそのいっさいを握っているからだ。

任官させてもらえなかったという不満は将軍には向けられない。将軍への異心を抱くことは許されない。下手をすれば謀叛《むほん》の罪で潰される。

代わりに不満は執政、とくに老中や京都所司代に集まる。

天下の政を担う老中、朝廷を支配する京都所司代は幕府でも実力者である。だけに敵は多い。その座を狙う者にしてみれば、力不足という評判は、老中たちの足を引っ張る大きな武器になる。逆に、老中たちからしてみればなんとしてでも防ぎたい悪評であった。

こうして幕府は、次代の天皇を親幕府にしたがっていた。

「京から報せはまだ参りませぬか」

柳沢吉保《やなぎさわよしやす》が、松平対馬守に問うた。

「来ぬ」

松平対馬守が首を左右に振った。

「なにをしておるのやら。儂の目が届かぬとして、手を抜いているのではなかろうな」

松平対馬守も苛立《いらだ》った。

「家族のことを報せたのでございましょう」

人質だと良衛に伝えたのだろうと柳沢吉保が確認した。

「匂わせておいただけだが……気づかぬほど愚かではないはずだ」

松平対馬守が答えた。

「まさか、書状が着く前に京を離れたというようなことは……」

「ないはずだ。布屋に泊まるしかないはずだからな。京は旅人に冷たいゆえ」

「名古屋玄医のもとに滞在しているなどは」

「それは考えている。布屋に名古屋玄医を見張るように指示してある。たとえ、布屋を使わず、名古屋玄医のもとに向かったとしても、儂の書状は矢切に渡される」

抜かりはないと松平対馬守が述べた。

「援護なしで京。無理なのでは」

「期待はしておらぬ。ただ、手がかりだけでも見つけてくれればよい」

「そのていどで上様のご命には添えませぬぞ」

適当でいいと言った松平対馬守に、柳沢吉保が怒った。

「医者になにを求めておる。医者は患者を治すもので、間者ではない。なにか一つでも見つけてくれれば、あとは儂がやる」

「京へ向かうおつもりか」

「ああ。儂の手で朝廷の思惑を砕いてくれる」

問うた柳沢吉保に松平対馬守が首肯した。

「ただ、それにはもう少し理由がいる。大目付が京へ行くなど何年もなかったことだ。上様のお許しをいただくにも、老中たちを納得させるにもな」

松平対馬守が表情を硬くした。

「そのようなもの、手に入りましょうや」

「………………」

柳沢吉保の指摘に、松平対馬守が沈黙した。

「期待するしかありませんな、矢切に」

「吾が手が京まで届かぬのが悔しいわ」

松平対馬守が嘆息した。

五代将軍綱吉は、天井裏からかすかな風が吹いてくるのに気づいた。

「庭へ出る」

綱吉が立ちあがった。

「はっ」

ただちに小姓番が散った。庭の状況を確かめ、綱吉の履き物の準備をするためである。

「よい天気であるな。ここで茶を飲みたい。用意いたせ」

泉水に面した東屋《あずまや》へ入った綱吉が、供してきた小姓に命じた。

「しばし、お待ちを」

小姓が離れた。

「なんじゃ」

誰もいなくなった東屋で綱吉が泉水に向かって声を出した。

「ご足労いただき畏れ入りまする」

どこからか声がした。さきほどの風は御広敷伊賀《いが》者頭の合図であった。

「申せ」

「寄合医師矢切良衛に付けていた女忍よりの報が届きましてございまする。矢切が箱根《はこね》で襲われましてございまする」

「箱根……稲葉か」

「それが……」

襲撃してきた者の詳細を御広敷者頭が伝えた。

「稲葉ではないな。大久保《おおくぼ》だな。大久保は小田原《おだわら》へ戻ることに執念を燃やしている」

すぐに綱吉が断じた。

「まあいい。稲葉は動かすつもりでいたからの。躬《み》に策をあてておいて、なにもなしというわけにはいかぬ。小田原のような便利なところに置いておくわけにはいかぬ。どこかへ飛ばしてやる気でいた。ちょうどよい理由ができたな。美濃守《みののかみ》ではなく、息子の丹波守を江戸へ召還したおりに、思い知らせてくれる」

綱吉が小さく笑った。

「矢切はいかがいたしましょう」

「そうよな。伝《でん》の求めもある。死なれては困る。まあ、それだけの働きもしておる。あの出世に目のくらんだ大目付よりは、よほど役に立っておる」

問うた御広敷伊賀者頭に綱吉は述べた。

「女忍の腕はどうだ」

「なまじの武家に引けを取ることはございませぬ」

確かめられた御広敷伊賀者頭が誇った。

「ならば、そのまま警固に付けてやれ。隠密御用として認めてやる」

「かたじけのうございまする」

綱吉の命であれば、幾《いく》の旅の費用は幕府の負担になった。

「その女忍は美形か」

「お伝の方さまには及びもつきませぬが、十分に」

「妙な世辞は要らぬ」

綱吉があきれた。

「おもしろいことになるやも知れぬな。女忍に矢切を薬籠《やくろう》中のものとするようにと言え」

「はっ」

「医者は身分の外だ。出世では落ちぬ。かといって金に転ぶ者は、信用できぬ。こちら以上の金を呈示されれば裏切る。やはり男を縛るには女だ。決して躬を裏切らぬ医者。躬が跡継ぎを儲けるに、必須《ひっす》であろう」

「承知いたしましてございまする。では」

小姓が近づいてくる気配を感じた御広敷伊賀者頭が消えた。

「躬を傍系だと侮る者どもに、そろそろ教えてやらねばならぬな。誰が天下の主かを」

綱吉が独りごちた。

第五章　京の陰

一

乱世で何度も焼かれ、荒廃しきった京も、天下人だった豊臣秀吉《とよとみひでよし》、徳川家康《とくがわいえやす》らの尽力で栄華を取り戻していた。

もっとも豊臣の時代は政《まつりごと》の中心で、諸大名の屋敷もあり、天下の中心として栄えていたが、徳川の世になってから政の機能を江戸に奪われ、形式だけの都に落とされていた。

それでも名の知れた神社仏閣があり、人は集まる。ただ、古くは木曽義仲《きそよしなか》、近々では織田信長《おだのぶなが》らによって大きな被害を受けたこともあり、余所者《よそ》には冷たい。

そんな京において、余所者も受け入れてくれるところがあった。六条三筋町《ろくじょうみすじまち》である。

　六条三筋町は京を代表する遊里であった。もとは二条柳馬場《にじょうやなぎばば》にあったものを、慶《けい》長《ちょう》七年（一六〇二）、徳川家康が移転させた。関ヶ原《せきがはら》の合戦で勝利し、実質天下を手にした家康は、京を思うがままに作り直すことで、天下人の交代を見せつけたのだ。

　東本願寺《ひがしほんがんじ》の北に移された遊里は、京の再建に携わった職人たちでにぎわい、普請が終わり職人たちが減ると代わって商家の旦那《だんな》衆を客として、隆盛をとぎらせることなく、今に続いていた。

「邪魔するで」

　布《ぬの》屋の番頭が、六条三筋町の外れにある小汚い遊女屋の暖簾《のれん》をくぐった。

「権《ごん》さんかいな」

　客の来ない土間で、座りこんでいた男衆が腰をあげた。

「親方は奥かい」

「勝手にあがり。権さんやったら、怒られへんよってな」

　男衆が首肯した。

「酒《さき》でも呑《の》みいや」

小粒金を権兵衛《ごんべえ》が男衆に投げた。

「……おおきに。さすがは権の兄貴やで」

うれしそうに男衆が小粒金を手のひらで弄《もてあそ》んだ。

権兵衛は男衆に手を振りながら、奥へと入った。

「ごめんやす」

細い廊下の突きあたりで、権兵衛は襖《ふすま》に声を掛けた。

「その声は、布屋のお人やな。入ってんか」

なかから枯れた声が応じた。

「ご無沙汰《ぶさた》をしております」

襖を開けた権兵衛が一礼した。

「無沙汰はなんもないいっちゅうこっちゃで、ええことでんがな」

歳老いた親方が愛想を返した。

「布屋はんに、面倒な客でも来ましたかいな」

親方が煙管《キセル》を掃除しながら訊《き》いた。

「面倒な客には違いおまへんが、ちょっとややこしいお願いを」

権兵衛が答えた。

「ややこしい……まあ、話しておくれな。布屋さんの面倒ごとはうちで引き受けるというのが約束やでな」

親方が促した。

「すんまへん。じつは……」

権兵衛が女将《おかみ》から指示された内容を口にした。

「けったいな依頼でんな。相手を殺さないていどに痛めつけてくれという願いはちょいちょいおますけど、痛めつけるではなく殺すつもりでかかって、それでいて負けてくれとは」

聞いた親方があきれた。

「すんまへん。こんなややこしいことをお頼みできるのは、親方だけだと女将が」

「そらそうやろうなあ。ようは捨て駒を出せっちゅうんやからな。死んでも惜しくない連中を抱えてないとでけへんわ。さすがは布屋の女将、よう裏にも通じてはる」

詫《わ》びた権兵衛に親方が感心した。

「けど、金はかかるで。あっさり殺してくれればええけど、変に傷だけつけて生かされたら、医者代や薬代が要るよってな」

親方の目が厳しくなった。

「承知しております。その分を含めて、これだけお渡ししてくるようにと女将から預かっておりまする」

口調をあらためて権兵衛が袱紗《ふくさ》包みを出した。

「どれどれ……」

袱紗包みを煙管で引き寄せた親方が、なかを見た。

「……さすがやな。布屋の女将はようできてはる」

納得いく金額だったのだろう、親方が満足げに笑った。

「お願いできますやろか」

「急いだほうがええやろ」

「へい。なにせ西国に用があるという御仁ですよって」

「人の手配もある。明日の夕方以降になるで」

親方が告げた。

「けっこうでございます。客人は朝五つ（午前八時ごろ）前に布屋を出て浄福寺《じょうふくじ》さんへ行き、日が暮れ前に戻ってきます」

「わかった。明日の夜や」

親方がうなずいた。

京の町は産業をもたない。かろうじて西陣《にしじん》の織物があるていどで、あとは細々とした墨や筆、和紙の製造のようなものだ。京で売りものになるのは、西陣織と公家《くげ》の伝統芸、官位くらいである。

商いも大坂《おおさか》のように盛んではなかった。当然、日が落ちれば一気に人通りはなくなる。また、余所者を排除する風潮から犯罪も少なく、江戸のように他国者を受け入れることで発展する代わりに、治安が悪くなるといったこともない。

油代がもったいないというのもあり、京の夜は街灯もなく暗かった。

「遅くなったな」

良衛が申しわけなさそうに言った。

「いえいえ。若先生が名古屋《なごや》先生のお手伝いをなさるのも、勉学のためでございましょう」

気にすることではないと三造《さんぞう》が首を左右に振った。

「医者は死ぬまで、学び続ける者。かつて名古屋先生は吾にそうご教示下さったが、いや、まさに今、体現なさっておられる」

動かない両手、回らない口を精一杯に使って、著述に励む名古屋玄医《げんい》の姿は、良《りょう》衛《えい》に感銘を与えていた。

「学ぶぞ、吾《われ》は」

長崎《ながさき》留学への期待を良衛は高ぶらせた。

「…………」

興奮する良衛を三造があたたかい眼差《まなざ》しで見た。

「やかましいな」

不機嫌な声が、柔らかい雰囲気を割った。

「どなたか。つい大声をあげてしまった。お詫びしよう」

良衛が足を止めてあたりを窺《うかが》いながら、謝った。

「せっかくいい気分で酔っていたのが、醒めてしまったではないか」

「そうだ」

「…………」

暗闇のなかに、濃い人影が三つ浮かんだ。

あからさまな因縁に、良衛は警戒を強めた。

「行くぞ、三造」

「へい」

大回りするように良衛と三造は、人影とは路の反対側へと足を動かした。

「おい、おい。詫びもなしか。坊主だからといって、他人に迷惑を掛けて、なにもなしというのは、許されないな」

先頭に立っていた浪人らしい影が前へ踏み出した。

「どうしろと」

三造が問うた。

「やはり形だな」

浪人が笑いを含んだ声で言った。

「このていどで金を欲しがるとは、都とは思えぬ情けなさだな」

良衛が嘆息した。

「東国の田舎者に言われたくはねえな」

「…………」

挑発に乗った浪人の答えに、良衛は沈黙した。

「若先生……」

三造も気づいた。

「……使え」

良衛は脇差を鞘《さや》ごと外し、三造に渡した。

御家人である良衛は医者ながら両刀を差している。差すことが許されていた。しかし、三造は小者《こもの》である。両刀どころか脇差も持てない。道中は脇差ほどの刀を一本だけ差すことが黙認されているが、それは宿に置いていた。

「お借りいたしまする」

三造がすばやく脇差を帯に差した。

「無駄なことをするな。医者や小者が勝てるとでも」

浪人が嘲弄《ちょうろう》した。

「やはり。誰に頼まれた」

禿頭《とくとう》で刀を持っている。この姿から医者と思いつくことのできる者はまずいない。

「言うとでも」

浪人が口を開けて笑った。

「そうか。ならば、殺してもいいな」

良衛は太刀を抜いた。

「殺すとは笑わせてくれる。まさか、その刀で拙者を斬るというのではなかろうな。毒を盛るというならわかるのだが」

「違いねえ」

「先生に刀で勝つなんて、馬が二本足で走るよりも難しい」

三人の男たちが嘲《あざけ》った。

「雑魚《ざこ》二人を押さえてくれ」

良衛は三造に指示した。

「お任せを」

脇差を青眼に構えて、三造が良衛の左へ出た。

「おもしろい。おとなしくしていれば、一撃で首を刎《は》ねてやったが、逆らうとあれば、今後の見せしめもある。両手両足を切り落としてから、首を……」

浪人が脅しを語っている間に、良衛は間合いを詰めた。

「……こ、こいつ」

浪人があわてて剣を振った。

「えっ」

良衛が目を剝《む》いた。星明かりで見てもわかるほど、太刀筋がぶれていた。

「驚いたか、儂《わし》の太刀筋に。一刀《いっとう》流免許の腕を怖れよ」

良衛の様子を怯《おび》えたと勘違いした浪人が自慢した。

「馬鹿らしい」

太刀を下段に変えながら、良衛は脱力していた。

「もうちょっとましな者を雇えなかったのか。金をけちったな」

良衛はするすると前に出た。

「な、なにを」

怖れもせず近づいた良衛に、浪人が焦った。

「死ぬぞ。わかっているのか」

浪人が太刀を振り回した。

「こういう風にな」

袈裟懸《けさが》けに来た一刀をかわし、相手の懐へ入った良衛は下段の太刀をまっすぐ上げた。

「ぎゃっ」

股間《こかん》を割られた浪人が、手にしていた太刀を落として苦鳴を漏らした。

「男の急所だ。即死はせぬが、痛みで動けまい」

良衛は男の股間を斬り割った太刀を引いた。

「ぎゃあ」

さらに股間を裂かれた浪人が絶叫した。

「知っているか。人の股には、右と左の骨をくっつけているところがある。そうよなあ、板と板を合わせる膠《にかわ》のようなものだと思っていい。膠よりもちろん硬いがな。それでも周囲の骨に比べると弱くてな。簡単に切り離すことができる」

良衛が講義をするように語った。

「女ならばここを外せば、子宮が出てくる。だが、男にはそれがない。代わりに腸が詰まっている」

そう言って良衛は、後へと跳んだ。

「腸は狭いところに閉じこめられていてな。少しでも出口があれば、そこから溢《あふ》れてくるのだ」

「……わっ」

浪人が片手で股間を押さえた。

「出る。なにか出る。助けてくれ」

泣きそうな顔で浪人が訴えかけた。

「殺しに来た奴を助けるほど、菩薩《ぼさつ》じゃないのでな。医者は人の命を救うのが役目。ただし、それは治療を求められたときだけだ」

冷たく良衛は切り捨てた。

「せ、先生」

「このやろう」

呆然《ぼうぜん》としていた二人の無頼が、匕首《あいくち》を抜いた。

「おまえたちの相手は儂じゃ」

三造が前に出た。

「じじい、死にやがれ」

一人が匕首を振りあげて襲いかかって来た。

「届かんわ」

良衛とその父蒼衛《そうえい》の二人と剣術の稽古《けいこ》を重ねてきた三造である。そして人を斬る経験もすませた。無頼の匕首などあっさりと見切った。

「えっ」

あわてもせず、かわそうともしない三造に驚きながら、無頼が勢いのまま匕首を振り落とした。

「よいしょ」

年寄り臭い気合いで、三造が脇差を突きだした。

「ぐうう」

腹を突かれた無頼が呻《うめ》いた。

「急いで医者に駆けこめば、助かるかもしれぬぞ」

三造が勧めた。

「あ、あわあわあぁ」

腹を刺された無頼が匕首を投げ出して走り出していった。

「おいっ、待て」

一人残された無頼が焦った。

「そうだな。待つべきだ。医者ならここにいる。それも外道を専門とする医者がな」

血塗られた太刀を手にした良衛が、残った無頼に声をかけた。

「ひっっ」

残った無頼が震えた。

「もっとも医者でも手遅れはどうしようもない。腹をやられたら、人は助からぬ。胃の腑《ふ》に穴が開き、そこから漏れた液や食べものが腹のなかを侵し、三日三晩高熱でのたうち回って死ぬ」

良衛がていねいに話した。

「そんな。助かると言ったはず……」

無頼が咎《とが》めるような目で三造を見た。

「かもと言っただけじゃ」

三造が反論した。

「てめえら……」

無頼が怒った。

「降りかかる火の粉を払っただけだ。文句を言われる筋合いはない」

良衛が太刀を無頼の目の前に突きつけた。

「誰に頼まれた」

「…………」

問う良衛から無頼は目をそらした。

「喋《しゃべ》らぬ口は要らぬな。このような輩生《やから》かしておいては、世のためにならず」

大げさな動きで、良衛は太刀を振りあげた。

「わあ」

無頼が背を向けて逃げようとした。

「させぬよ」

三造が無頼の向こうに回りこんだ。

「くそっ。どきやがれ、じじい」

無頼が三造へ体当たりをした。

「このていど。若先生のに比べれば軽い」

三造がはじき返した。

戦場で生まれた実戦剣術を受け継いでいる矢切《やきり》家の稽古は荒い。目つぶし、蹴《け》り、拳闘《けんとう》なんでもありである。生き残った者が勝ちという戦場に卑怯《ひきょう》もなにもない。その稽古相手を務めてきた三造である。重心の浮ついた無頼の体当たりなど、ものともしなかった。

「わああ」

無頼が後へ転んだ。

「さてと……」

良衛は転んだ無頼の顔に切っ先を突きつけた。

「誰に頼まれた」

「知らない。仕事はいつも崎山《さきやま》の旦那が受けてくるんだ」

無頼が否定した。

「死にかけに押しつけるとはなかなかやるな」

氷のような声を良衛は出した。

「ひっ……本当だ」

無頼が後ずさった。

「まあいい。一人くらい生きていようが死んでいようがかわりないしの」

「さようでございますな」

主従二人がうなずき合った。

「ま、待て。なにをする気だ」

夜目にもわかるほど、無頼の顔色が白くなった。

「後顧の憂いを断つという言葉を知らぬか」

「なんだそれ」

良衛の言ったことを無頼は理解していなかった。

「後腐れをなくすという意味じゃな」

三造が教えた。

「俺を殺すと」

「そっちは殺す気だったのだろう。ならば、こちらも合わせねばな」

良衛が太刀を構えた。

「わ、わかった。頼み主は知らない。俺らは六条……がはっ」

途中で無頼が血を吐いた。

「誰だ」

「若先生」

すばやく二人が気配を探った。

「矢か」

無頼の胸に矢が深く刺さっていた。

「あちらでござる。あの角」

三造が駆け出そうとした。

「伏せろ。夜の矢は防げぬ」

良衛が止めた。

「しかし……」

「落ち着け」

良衛は油断なく警戒を続けた。

「……どうやら、行ったようだな」

弓矢の間合いは遠い。二十間（約三十六メートル）近く離れても、十分に人を射《い》貫《ぬ》ける。飛び道具の恐ろしさは、剣で反撃できないところにあった。

「もう少しでございましたのに」

三造がため息を吐いた。白状しかけていた無頼は、即死していた。

「しかたあるまい。まあ、黒幕の名前を言われても、地の利をもたぬ我らではどうしようもないしな」

良衛はあっさりと下手人の追及をあきらめた。

と言いながらも良衛は、弓矢の刺客が潜んでいた辻《つじ》の角へと足を運んだ。

「三造、火」

「へい」

命じられた三造が、懐の煙草入れから、火縄を出した。

医者である良衛は煙草を口にしない。煙草を吸うとその匂いが鼻と口に染みつき、患者の発する臭いを感じにくくなるからであった。

「影もなし。ここにいたのはまちがいなさそうだが」

火縄の薄明かりでもはっきりとわかる足跡が残っていた。

「若先生、あれは」

三造が目をすがめて路地の少し離れたところを指さした。

「……なにか落ちているな」

良衛は近づいて拾いあげた。

「なんでございましょう」

「手紙のようだな」

問う三造に、良衛は応《こた》えた。

「火縄の灯りでは字までは読めぬ。宿へ帰ってからだ」

「はい。で、あやつらはいかがいたしましょう」

首肯した三造が尋ねた。

「放っておけばいい。どうせ、叩《たた》けば埃《ほこり》が出るだろう。町奉行所に任せればいい。戻るぞ」

良衛は歩き出した。

二

宿へ戻った二人は、食事と入浴もそこそこにして部屋に籠《こ》もった。

「………」

持ち帰った手紙を良衛は読んだ。

「いかがでございますか」

三造が質問した。

「山科《やましな》という大奥女中から愛《あい》さまという人物へ宛てたもののようだな。金を送ると書いてある」

「はあ」

大奥での出来事を三造は知らない。反応が鈍くなっても当然であった。

「……これは、吾の手に余る」

少し考えた良衛は手紙をもとのようにたたみながら言った。

「江戸《えど》へ送ろう」

良衛は嘆息した。

「三造、出立の用意をしておいてくれ」

「では、若先生」

「ああ。明日には大坂へ向かう。名古屋先生にお別れを告げてからでも、伏見《ふしみ》から出る夜舟には乗れよう」

良衛は述べた。

京から大坂までは街道を進むほか、淀《よど》川を下る船を利用する手があった。船賃がかかるとはいえ、寝ている間に大坂は天満《てんま》橋まで行ってくれる。利用する者は多かった。

「わかりましてございまする」

そう言って三造が部屋を出ていった。女将に明日の出立を報《しら》せるためであった。

「愛とは愛宕《おたぎ》だろうな。金を届けるというのは、次の帝《みかど》の問題で松木《まつのき》家を出し抜くため。山科は松木の枝葉だと聞いていたが、その裏にはややこしい事情がいろいろあるようだ」

独りごちた良衛は、矢立を取り出し、大目付松平対馬守《まつだいらつしまのかみ》への書状を認《したた》めた。

「このあとは知ったことではない」

良衛は呟《つぶや》いた。

「世話になったな」

「いいえ。なんのおもてなしもできまへなんだ。また、江戸へお戻りのときには、是非」

礼を言う良衛に、女将が愛想よく頭を下げた。

「書状を頼むぞ」

昨日拾った手紙を同封した書状は、厳重に油紙に包まれ、女将の手にあった。

「お任せを。まちがいなく大目付さまのもとへお届けいたしますよってに」

女将が請け合った。

「ではの」

「いってらっしゃいませ」

女将に見送られて、良衛たちは旅だった。

「権兵衛」

女将が油紙に包まれた書状を権兵衛に渡した。

「へい」

受け取った権兵衛が、油紙をはぎ取り、中身を取り出した。

「……どうだい」

　女将が問うた。

「しっかり書いてございますよ。襲われたことも、愛宕と山科が繋《つな》がっていたのではないかとも」

　読んだ権兵衛が答えた。

「それはけっこうだね。わたしらが言うより、己の手である医者坊主の話のほうが信用できるだろう」

　女将がうなずいた。

「急いで出しておいでな」

「ただちに」

　権兵衛が書状を飛脚屋へと運んでいった。

「甘いものだね。江戸というのは」

　小さく女将が笑った。

「己たちだけ江戸にいて、出世していく。こっちは遠く離れた京で、町人身分として生き、死んでいく。大きな手柄を立てても出世もない。どころか、表にさえでない。任とはいえ、闇に生きるのが辛《つら》くないはずはないんだよ」

女将の目つきが変わった。

「稲葉丹波守《いなばたんばのかみ》さまは、約束して下さった。いつか老中になったとき、京から江戸へ戻し、旗本にしてやると。父が死の床でまで願った旗本復帰……それを果たすためならば、なにを犠牲にしてもいい」

重い声で女将が誓った。

宿を出た良衛は名古屋玄医に別れを告げていた。

「短い間ではございましたが、師の教えに触れられたこと、良衛生涯の誇りといたしたく存じまする」

良衛は手をついて挨拶《あいさつ》をした。

「な、長崎、へ、い、行くか」

「はい。お名残は惜しゅうございますが」

「そ、そうでな、くばならぬ。い、医者は死ぬ、までし、勉強である」

大きく名古屋玄医がうなずいた。

「出雲《いずも》」

「はい」

名古屋玄医に呼ばれた出雲が、書棚から文箱《ふばこ》を下ろした。

「これを……」

文箱から一冊の書物を出雲が取り出した。

「……………」

受け取った良衛は名古屋玄医を見た。

「出雲」

「わたくしから説明をさせていただきまする」

名古屋玄医から託された出雲が、良衛に向き直った。

「これは先生が、文献を調べてもわからなかったことをまとめたものでございまする」

「先生がおわかりにならなかったことが、これほど……」

良衛は驚いて名古屋玄医を見た。

「ひ、人の知れる、ことには、限度が、ある」

名古屋玄医が述べた。

「これを矢切さまに長崎で調べていただきたいのでございまする」

「う、うむ」

説明した出雲に、名古屋玄医が首肯した。

「先生……」

良衛は感激していた。

臨床から離れたとはいえ、名古屋玄医は天下の名医である。かつて良衛が師事していたころは、それこそ各地から名古屋玄医の治療を受けようと患者が押し寄せていた。

「当家の召し抱えに」

高禄《ろく》をもって仕官を促す大名も数え切れなかった。

「幕府医師として」

という誘いもあった。

それほどの名医が、良衛にわからないことの調査を任せてくれた。

わからないことができれば、まず己で調べる。それでもわからなければ、他人に訊く。これが学ぶ者の姿勢であった。なかには、最初から他人をあてにする横着者もいるが、そのようなまねをして得た知識は身に付かない。そう、解答をする者は、質問する者と同等か、それ以上でなければならないのだ。

そして質問する者は、与えられた答えを理解できるだけの能力を持っていなければならない。オランダ語をわからない日本人に、オランダ商館の医師がなにを言っても通じないとの同じである。

ようは、質問者にもあるていどの能力は求められる。

質問者の代理を任される。これは名古屋玄医が、良衛の知識を己に匹敵するものと認めてくれた証《あかし》であった。

「かならずや、調べあげてまいりまする」

「む、無理は、せ、せずともよい」

気合いを入れる良衛を名古屋玄医が抑えた。

「それでは、そろそろ失礼をさせていただきまする」

良衛は出立すると言った。

「き、気をつけ」

「はい」

師のいたわりに良衛はうなずいた。


六条三筋町の遊女屋の奥で、親方が不機嫌な顔をしていた。

「三人とも殺されるのはいい。最初からそういうつもりだったからな。だが、その死体が町奉行所から返されるとは、どういうことだ」

「申しわけおまへん」

番頭が頭《こうべ》を垂れた。

「ええ恥さらしやないか。町方の旦那衆に金を包んであるのは、こういうときのためとはいえ、死体を届けてくれた同心に、始末もできないとは親方も老いたなと笑われたときは、顔から火が出るかと思うたで」

「………」

親方の怒りを番頭は黙って受けた。

「そもそも一人は、こういうときのための回収役やったろうが。そろそろ態度が横柄になってきた崎山を始末するだけでよかったものを……回収役まで一緒にやられてどうすんねん」

「さぶの野郎は、逃げ足の速い男であったんですがねえ」

番頭が首をかしげた。

「死体を見たか」

「へい」

「矢傷やった、さぶの胸にあったんは」

「たしかに」

親方の言葉に番頭も同意した。

「殺し合うのが仕事やさかい、それはええ。相手が弓矢を使おうが、鉄炮《てっぽう》を持ち出そうがな。依頼主の求めに応じるのが商いや。金は十分布屋からもろた。しゃあけどな、儂の面目が潰《つぶ》された」

「…………」

配下としてなにかを言うわけにもいかない。番頭がふたたび黙った。

「後始末もできん親方や。こう言われたも同然なんやで」

親方が激した。

「刺客に失敗することはある。これは二条《にじょう》の親方も、大原《おおはら》の親方も一緒や。ただ、失敗したと知られないようにしてる。刺客に使った者の死体ほど雄弁に失敗を語る者はない。死体さえなければ、表向きは誰も笑わない。暗黙の決まりや。それを防ぐために、回収役のさぶを出したんと違うのかい」

「さようで」

番頭が首をすくめた。

「この恥をどうやって雪《そそ》ぐ」

「布屋に尻《しり》を持っていくというわけには……獲物が弓矢を持っていることを教えなかったと言って」

「阿呆《あほう》。刺客が金主にそんな文句を言えるはずないやろう。それも調べての刺客や。そんなまねしてみい。布屋がうちから離れるだけではすまんで。とくに今回はうちのお荷物を片づける目的も兼ねてた。しゃあから調べが甘かったのはこっちのつごうや」

親方が叱りつけた。

「すんまへん」

青くなって番頭が詫びた。

「殺すしかない」

「あの医者でっか」

「そうや。こっちに恥搔かせたんや。その責任を取ってもらわなな」

親方が宣した。

「でもそれやったら布屋さんとの約束に反しまへんか。殺すなというお話でしたで」

「それはあの依頼だけや。それがすんだ今、布屋さんからの話は終わってる。まあ、あんまり派手なまねして、布屋さんに気まずい思いさせるわけにはいかへんよって、洛中《らくちゅう》を出てからにすればええ。医者の居場所はわかってるな」

「抜かりはおまへん。さぶたちの死体が届いてすぐに、布屋さんと浄福寺に人をだしやした」

「よっしゃ」

親方が首肯した。

「ほな、手配を」

番頭が納得した。

「腕の立つのを用意しいや」

「承知」

手配のためにと番頭が出ていった。

三

京から伏見は近い。道もまっすぐ南下するだけであり、昼前に浄福寺を出た良衛と三造は、夕方前に伏見へ着いた。

「伏見は稲荷《いなり》の町か」

歩きながら左手に見える稲荷山を良衛は見た。

「我が国すべての稲荷社の総本社だとか」

参拝客を相手にしている露店の間を抜けながら、三造が述べた。

「人が多いのは、伏見稲荷が、商いの神様だからかな」

「でございましょう。人は金なしで生きていけませぬゆえ」

三造がうなずいた。

「せちがらいの」

良衛は苦笑した。

「医術も金。金持ちほどよい薬を使えるゆえ、長生きできるはずなのだが……」

難しい顔に良衛はなった。

「将軍家だけでなく、諸大名の子女は若死にしやすい」

「たしかに、そのとおりでございますな」

三造も同意した。

医者にかかるだけの金がない庶民にとって死は馴染《なじ》みの深いものであった。人生五十年といわれるが、そこまで生きること自体が珍しい。

とくに子供には厳しかった。まず、無事に生まれてくることが難しい。生まれても三歳までもたない子供が多い。無事成人しても、ちょっとした病や怪我であっさりと命を落としてしまう。

庶民の生活は、その日その日なので、病にかからないよう栄養をしっかりとるなどと考えている余裕がないのだ。

対して武家は違った。武家の生活はその日暮らしではない。先祖代々の禄は、よほどのことがないかぎり、子々孫々受け継いでいける。

明日の米を心配しなくていいのである。いや、逆に家禄を受け継いでいくためには子供が要った。

跡継ぎなしは断絶。これが武家の決まりである。ゆえに大名を始めとする武家は、子供を作ることに熱心であった。正室だけでは足りないと側室を設ける。これを大名や旗本だけでなく、薄禄の御家人や藩士でさえおこなっている。

そして生まれた子供を大切にした。なにかあれば医者を呼ぶ。裕福な家ならば、医者を丸抱えにすることもある。庶民とは端《はな》から違っていた。

しかし、武家の子供も死ぬ。

「一弥《いちや》は幸い、大きな病をしておらぬが……」

良衛の一人息子一弥もあまり丈夫ではない。大病こそしていないが、少し寒いだけで熱を出した。それもあるからか、妻の弥須子《やすこ》は一弥に剣術の稽古をさせるのを嫌がっている。

「そろそろもうお一人を」

三造が言った。

「なかなかできぬのだ」

良衛は嘆息した。

妻の実家は典薬頭《てんやくのかみ》の今大路《いまおおじ》である。千二百石の旗本でもと百八十俵の御家人だった矢切家とは格が違いすぎた。さすがに妻を差し置いて側室あるいは、妾《めかけ》を作るわけにはいかない。嫁して三年以上、子供がいないならば、家の存続のためという理由で、妻以外の女を迎え入れることはできるが、弥須子は長男を産んでいる。とても他の女に手出しをすることはできなかった。

「あそこのようでございますな」

伏見稲荷の前を過ぎて、酒蔵の並ぶ間を抜ければ、運河に出た。その運河に大坂行きの船着き場があった。

「一人前が六十四文じゃが、そちらの坊さんは形《なり》がでかい、二人前もらわんと」

　大柄な良衛を見た船頭が、要求した。

「仕方あるまい。荷物もある。二人で四人分出そう」

　良衛は少し広めに場所を取れるだけの金を払った。

「これはおおきに」

　船頭が喜んだ。

　伏見から大坂へ向かう船は三十石船と呼ばれている。戦国時代の小早《こはや》と呼ばれる軽快な手漕《こ》ぎ船を大きくしたような形をしており、そこそこの人や荷物を運べた。淀川の流れに任せるようにして下流へ向かい、夕方に出て翌朝大坂天満橋八軒屋《はちけんや》に着く。

「大坂行きやでえ」

　船頭が大声をあげた。

　どこでも同じだが、船は乗客で一杯になるまで出ない。良衛たちはすることもないし、金を払ってもいる。伏見の町をうろついているあいだに船が出てしまっても、金は返ってこないのだ。二人はさっさと船に乗りこんだ。

「あれやな。親方の言うてはった医者坊主ちゅうのは」

「やろ。他に坊主はおらんで」

「大きな坊主やこと」

少し離れたところで、三人の男女がさりげない風で船着き場を見ていた。

「乗ったな」

行商人風に荷物を背負った男が言った。

「どないします」

壮年の男が訊いた。

「ちょうどええやん。船は狭いよって。あたいの手が偶然、あの医者坊主の身体に触れても不思議やないやろ」

町屋の女房風にお歯黒を染め丸髷《まげ》に結った女が笑った。

「なるほどな。そこで毒を流しこむんや」

壮年の男が納得した。

「なんぼ剣が遣えようとも、弓矢が遠くまで届こうとも、毒には勝たれへん。じきに泡ふいて死によるで」

「お富《とみ》さんの毒は、よう回るでな」

商人風の男がわらった。

「任してえな」

富と言われた女が胸を張った。

「わしらは万一に備えてと、お富さんの逃走手助けでええな」

「ああ。でも船の上では逃げ道ないがな」

商人風の男の言葉に、壮年の男が疑問を呈した。

「ここらで船を手配できるやろ。先回りして枚方《ひらかた》で待っててんか」

「くらわんか船や」

「そうや」

確かめた壮年の男に、商人風の男がうなずいた。

「くらわんか船が集まってきたら気がそれるやろ。とくに初めての江戸もんはな。そこでお富さんが毒を刺し、ばれなんだらそのまま大坂まで行ってもろうて、あかんかったときは太市《たいち》はんの用意した船へ逃げてもらうと」

「泳げへんから、そのときは頼むで」

策を聞いた富が太市に念を押した。

「そのへんは任してんか。これでも昔は船頭もやったことはある。船の扱いは得意や」

太市が保証した。

「ほな、儂、急ぐわ」

船の手配に太市が離れていった。

「少し遅れてから乗るよってな。船のなかでは知らない振りで」

「わかってる」

行商人風の男の指示に富が首肯した。

「船頭さん、二人前出すわ」

富が金を出した。

「おおきに。ほな、あの方の側にいってんか。あの方も四人前出してはるさかい、安心やろ」

船頭が富に良衛の側を示した。

「そうさせてもらうわ。船は楽やけど、混んだら触ってくるやつがおるさかい、かなわんかってん」

ほほえみながら富が乗りこんだ。

「よろしゅうお願いします」

「うむ」

少し離れたところに座った富の挨拶を、良衛は受けた。

「出しまっそおお」

日が暮れるまであと小半刻《とき》（約三十分）ほどになったところで、船は満杯になった。

三十石船は何艘《そう》もある。一杯になった船から出立し、川を下って枚方の宿近くまで進む。そこで船はしばらく留《とど》まった。翌朝、日が昇る前に天満橋についても困るからであった。

ほとんど夜を明かすに近いだけの間、三十石船は枚方で停泊する。となれば、物売りが来るのは当たり前であった。

「飯と菜くらわんか」

「酒くらわんか」

「団子くらわんかい」

怒鳴るような口調で、三十石船相手に商売するのがくらわんか船であった。大坂の陣のおり、徳川方の物資を輸送した功績で、淀川での商売を認められたという歴史を持ち、枚方だけでなく、高槻《たかつき》などにもいた。

「握り飯頼むわ」

「酒二合、くれや」

乗り合いの客が大声で注文しなければ、聞こえないほど、くらわんか船の売り声
はすさまじかった。

「これは……」

舳《へ》先《さき》近くに陣取っていた良衛は目を剝いた。

「なんともはや、所変われば品変わると申しますが、客相手にあの言葉遣いは」

三造もあきれていた。

「ここで喰わんと、大坂までもうないで。握り飯二つで六十文じゃ」

舳先にくらわんか船が近づき、かぎ爪の付いた竿《さお》を、三十石船に引っかけた。

「寝てたらあかんど。起きんかいな。飯買う金もないんか」

くらわんか船から、罵《ば》声《せい》がした。

「あまりでございますな。ちと文句を」

三造が憤った。

「よせ。周りの誰も騒いでいないのだ。これが当たり前なんだろう」

良衛が苦笑した。

「それより、飯にしよう。おい、二人前、飯と菜をくれぬか」

「二人なら百六十文じゃ。器は食い終わったら返せ」

金と引き替えにくらわんか船から木の椀《わん》に入った盛り切り飯とその上に載せられた菜の煮物が差し出された。

「これは……」

さすがの良衛も戸惑った。

富も注文した。

「握り飯をおくれえな」

「ごめんくださいまし」

商品を受け取るには、舳先から手を伸ばさなければならない。富が、一礼して、良衛に身体を寄せた。

「ああ」

手にした椀を落とさぬようにしながら、良衛は身をずらした。

「お金を……」

さりげなく富が懐へ右手を入れた。

「きゃっ」

船の揺らぎに足を取られた振りで、富が良衛へと倒れかかった。

「おっと」

富を支えるため、良衛が腰を据えた。

「ぎゃっっ」

不意に富が悲鳴をあげ、良衛の足下に光るものが落ちた。

「なんだ」

良衛は驚いた。

「矢切さま。その女からお離れくださいませ」

少し離れたところから、忠告がした。

「その声は、幾《いく》か」

言われたとおりに身を退きながら良衛は、富の右手に棒手裏剣が突き刺さっているのを確認した。

「くそっ」

新造風におとなしい雰囲気の富が、顔をゆがめた。

「……若先生」

手にしていた椀を置いた三造が落ちた針を拾いあげた。

「毒針でございましょう。ご注意あれ」

「なんと」

ふたたび幾の注意が飛び、三造が針を船の外に捨てた。

「うるさい女め」

富が幾を一瞬睨《にら》んだあと、三十石船から身を躍らせた。

「なにっ」

ためらわず飛びこんだ富に、良衛は息を呑んだ。夜の川に落ちるのは、危険きわまりない。よほど泳ぎに慣れた者でもしない行為であった。

「あっ。船が」

三造が指さす先に、富を乗せて大急ぎで離れていく小舟があった。

「そこまで用意していたか。油断であった」

良衛は息を呑んだ。

「矢切さま」

騒ぐ乗客を分けるようにして、幾が近づいてきた。

「……なんだ、その姿は」

良衛は目を剝いた。幾は尼僧の姿をしていた。

「詳しくは後で」

幾が答えを避けた。

「なんなんだ、一体」

ようやく船頭が声を出した。

「矢切さま、わたくしは少し」

身分を証《あか》すわけにはいかないと幾が小声で告げた。

「幕府寄合医師矢切良衛である。いささか、騒ぎであったが、傷も受けておらぬ。逃げた女は何者かわからぬが、今さら調べようもなかろう。大坂についたならば、吾より町奉行所に届けておく」

これ以上詮索《せんさく》するなと、良衛は身分を明らかにした。

「それよりも、あのような女がいたのだ。懐中物は大丈夫か」

良衛は話をそらした。

「……えっ」

「あっ」

同乗していた連中が、あわてて懐を探り出した。

「あったあ」

「こっちも大丈夫だ」

三十石船の雰囲気が安堵《あんど》に染まっていった。

刺客の一人、商人風の男が巾着《きんちゃく》袋の中身を確かめる振りをしながら、嘆息した。

「……とんでもねえ」

「幕府医師なんて、聞いてねえぞ」

商人風の男は焦っていた。

徳川幕府の治安は穴だらけである。さすがに江戸や大坂、京では町奉行所の力も強く、盗賊などはほとんど出ない。しかし、六条三筋町の親方のような闇はある。町奉行所も知っていながら、見て見ぬ振りをしていた。袖《そで》の下をもらっているというのもあるが、庶民の町まで面倒を見きるほどの人材がないからである。

ただし、その被害が幕臣に及ばないという絶対条件がついている。

町の無頼が旗本に喧嘩《けんか》を売る。このていどは無視される。うまくあしらえない旗本に責任があるし、大事にして恥を掻くよりましだからだ。

しかし、幕臣を殺したときは話が変わった。その家を守るために、表沙汰《おもてざた》にしなくとも、裏では下手人を徹底して追及する。そして、闇の住人もこれに手を貸す。逆らったり、隠したりすれば、下手人の仲間として討伐されることになるのだ。

闇に身を置く連中の実力は、幕府の捕吏をしのぐ。だが、相手は幕府、いいかえれば天下である。軍勢を動かすこともできる。数と権力で押し切られれば、どれほどの腕利きでも勝てはしない。隠れ家を百挺《ちょう》の鉄炮で囲まれたら、終わる。だから、闇はなにがあっても幕臣の始末を引き受けない。

「親方は知っていたか……」

もしそうだと、重大な裏切りになる。

「いや、俺と太市だけならまだしも、お富さんを捨てられるはずはない。女で毒が使えるお富さんは、親方の切り札だ」

商人風の男が思案した。女の刺客は少ない。いや、ほとんどいないと言っていい。ましてやそれが、美貌《びぼう》となればさらに珍しい。

男は美しい女に弱い。本能で警戒を弱めてしまう。他に女相手でも有利である。同じ女に襲われるなどと思ってもいないうえに、女だけしか入れない女湯や厠《かわや》などでも仕事ができる。六条三筋町の親方が、京で名の知れた闇の頭となれたのは、富の功績に依《よ》るところが大きい。

「となると、もとは依頼してきた奴にあるな」

商人の表情が変わった。

「玉の身許《みもと》を隠して、話を持ちこんできたなら……尻を拭いてもらわなあかん」

財布代わりの巾着を懐に戻しながら、商人風の男は冷たく呟いた。

四

「どうして、ここへ」

隣に腰を下ろした幾に、良衛は訊いた。

「任でございまする」

「終わったのであろう」

淡々と言った幾に、良衛は首をかしげた。

箱根《はこね》からずっと同行してきた幾は、京で目的を果たし、良衛の前から姿を消した。

「報告をいたしましたところ、新たな任を命じられまして」

「新たな任……訊くわけにはいかぬな」

伊賀《いが》者の任は親兄弟といえども他言無用とされている。それは常識であった。

「別にかまいませぬ」

幾は平然としていた。

「いいのか」

「お伝《でん》の方さまからの御命だとか」

確認した良衛に幾が告げた。

「……はああ」

思わず良衛は嘆息した。お伝の方が求めているものがなにか、思い当たったからである。

「それでなぜ、そなたが」

長崎でオランダ流の産科を学ぶにあたって、幾は不要であった。医学の心得がない幾は、かえって足手まといになりかねなかった。

「女の身体は、女でなければわからぬところもございましょう」

幾が平然と言った。

「それは……」

良衛も反論できなかった。

腑分けの図を見ても、男と女には大きな違いがあった。子宮の有無であった。さらに男にはない月のものという現象もある。

「それと修業の途中でも、矢切さまが産科の秘術を手に入れたならば、すぐに連れて戻れとも命じられておりまする」

「…………」

良衛は黙った。

長崎に行くのは、最新の医術をオランダ人から直接学ぶためである。良衛の専門である外科を中心に本道、眼科、なんでもどん欲に吸収したい。産科もその一つである。つまり、産科をもっとも最初に身につけたとしても、良衛は長崎に残り続けるつもりでいた。

「やはり、お伝の方さまは、それを危惧《きぐ》なされたようで」

幾があきれた目で良衛を見た。

「愚昧は外道医である。その技を高めるために、長崎へ参るのだ」

良衛は抵抗した。

「それはお伝の方さまもよくご存じでございまする。ゆえにわたくしが」

「見張り」

良衛は愕然《がくぜん》とした。

「愚昧が産科を優先しないことを見こして……」

お伝の方の執念に良衛は息を呑んだ。

綱吉《つなよし》の寵愛《ちょうあい》を深く受けたお伝の方は、御台所《みだいどころ》や他の側室を差し置いて二人の子をなしていた。しかし、儲《もう》けた嫡男徳松《とくまつ》は、夭折《ようせつ》し、一女鶴姫《つるひめ》は紀州《きしゅう》徳川家へと嫁に行った。そう、今、江戸城に綱吉の血を引く子供はいない。そのことを綱吉は気にしていた。とくにお伝の方は、綱吉の子を産むことで力を持っただけに、より切実に感じている。

すでにお伝の方は綱吉の閨《ねや》に侍《はべ》らなくなっている。お褥《しとね》遠慮と呼ばれる年齢に達したからである。その代わり、お伝の方は己の息のかかった美しい女を綱吉のもとへ差し出し、寵愛が薄れるのを防ごうとしていた。

黒鍬《くろくわ》者の娘として生まれ、そのたぐいまれなる美貌で大奥の権を握ったお伝の方は賢い。己が今後も大奥に君臨していくには、なにが必須《ひっす》かを理解している。

綱吉が生きている間は大丈夫である。死したとはいえ、綱吉の嫡男を産んだ寵姫《ちょうき》筆頭の影響力は、御台所に匹敵する。

しかし、綱吉が死んだとき、その後ろ盾はなくなる。もちろん、寵姫の宿命として、綱吉が死んだ直後に剃髪《ていはつ》し、仏門に入らなければならない。その後の余生を、綱吉の菩提《ぼだい》を弔って生きていくことになる。

ただ、これには特例があった。将軍生母である。綱吉の母、桂昌院《けいしょういん》は夫家光《いえみつ》の死後、剃髪はしたが、尼寺に行くことなく、息子のもとで楽隠居を楽しみ、綱吉が将軍になってからは大奥に復帰、栄華を極めた。

将軍生母は形だけの仏門入りだけで、いままでと変わらない生活が保障された。いや、それ以上が許される。

お伝の方に綱吉の手が付いたことで、実家の黒鍬者は千石の旗本へと出世した。もし、お伝の方が産んだ男子が死なず、六代将軍となっていたら、実家の堀田《ほった》家は万石の大名にもなれた。

もう、その夢は破れたが、お伝の方のひも付きである側室が跡継ぎを産めば、堀田家は安泰である。

そのためには、なんとしてでも綱吉の子を、己のひも付き側室に産ませなければならない。お伝の方がオランダ渡りの産科医術に期待するのも無理のない話であった。

「…………」

良衛の指摘に、幾が黙ってほほえんだ。

「なんともはや」

三造が力なく首を左右に振った。

「やっと京を離れられたと思ったのに」

良衛は脱力した。さすがの大目付松平対馬守も長崎までは手を伸ばしてはこられず、ようやく勉学に集中できると安堵していたのだ。

長崎は長崎奉行の管轄で、その上役は老中になる。いかに大目付といえども、勝手なまねはできなかった。

「御広敷伊賀者は、お伝の方さまに逆らえませぬので。どうぞ、これからもよろしくお願いをいたしまする」

幾が頭を下げた。

飛脚は東海道《とうかいどう》を七日で行き来する。宿場ごとに人が交代し、昼夜問わず走り続ける継ぎ飛脚とは比較にならないとはいえ、それでも十分に速かった。

「ふむう」

布屋から出された形となった良衛の手紙を読んだ松平対馬守が唸《うな》った。

「これは、儂一人で決断していい話ではない」

ことは次の天皇に誰が選ばれるかという天下の一大事である。さすがに大目付の手におえるものではなかった。うかつに手出しをして、賢きところの叱りを受ければ、三千石の旗本など消し飛んでしまう。

松平対馬守は、手紙を持って綱吉への目通りを願った。

「どうした」

柳沢吉保《やなぎさわよしやす》を残して、他人払《ひとばら》いをした綱吉が、松平対馬守に問うた。

「これをお読み願いたく」

松平対馬守が、柳沢吉保に良衛の手紙を渡した。

「……大事ございませぬ」

手紙の隅々まであらためた柳沢吉保が、綱吉へ手紙を差し出した。

「うむ」

綱吉が目を落とした。

「……ほう」

読み終えた綱吉が、手紙を柳沢吉保に突きだした。

「拝見を」

うやうやしく手に受けた柳沢吉保が見た。

「これは……」

柳沢吉保が声を漏らした。

「上様」

松平対馬守が綱吉を見上げた。

「これを放置しておくわけには参りませぬ。大奥で得た金を遣って、幕府に恨みを持つ岩倉《いわくら》の血統を次の帝にしようなど、あまりにふざけておりまする」

「吉保、そなたはどう思う」

「畏《おそ》れながら、わたくしも同じ意見でございまする」

訊かれた柳沢吉保が述べた。

「ふむ」

綱吉が腕を組んだ。

「京都所司代は稲葉丹波守であったか」

「さようでございますが、堀田筑前守《ちくぜんのかみ》さま刃傷の一件の連座で、今は遠慮中でございまする」

問いかけるような綱吉に、松平対馬守が答えた。

京都所司代という格上の役職でも、大名である。大目付の監察を受ける。松平対馬守は稲葉丹波守の経歴を知っていた。

「使えぬな」

冷たく綱吉が切って捨てた。

稲葉丹波守が役立たずという意味ではなかった。将軍から遠慮を命じられた者を朝廷工作に用いるわけにはいかないのだ。朝廷は権威を重視する。それしかないだけに、些細《ささい》なことでもあげつらってくる。遠慮中の所司代など、端から相手にしない。となれば、まともな対応はできない。

かといって、朝廷の対応のためと稲葉丹波守を赦免するわけにはいかなかった。罪を与えてすぐに消す。それこそ、将軍の権威を貶《おとし》めることになる。と同時に、浅慮だと綱吉の評判を落とす。

「愛宕の血を引く者を次の帝にするわけにはいかぬぞ」

綱吉が苦い顔をした。

幕府と朝廷は公武一体を看板にしているが、そのじつは険悪であった。当たり前であった。朝廷の権威を頼りながら、幕府は禁中並公家諸法度などという法を作り、その動きを規制しているのだ。

家康が幕府を作ったときの後陽成《ごようぜい》天皇、その後を継いだ後水尾《ごみずのお》天皇も強烈な幕府嫌いであった。それに拍車を掛けたのが二代将軍秀忠《ひでただ》であった。娘和子《かずこ》を無理矢理後水尾天皇の中宮に押しつけ、二人の間に生まれた男子を次の帝にし、徳川家がその外祖父として権威を高めようとした。これで修復できない傷が朝幕に入るはずだった。

それを防いだのが、和子であった。

中宮となった和子は、父秀忠の思惑を知って激怒し、後水尾天皇に誠心誠意接した。天下の美女織田信長の妹市《いち》の血を引く和子は美貌であった。その和子が全身全霊で後水尾天皇に尽くしたのだ。後水尾天皇はほだされた。数知れぬほどの女御に手を付け、多くの子を産ませた後水尾天皇だったが、和子を慈しんだ。

夫婦の仲が後水尾天皇の幕府嫌いを治した。どころか、晩年は親幕府として、公武合体の中心になった。

だが、後水尾天皇が病を得て退位した後、和子との間に生まれた内親王を天皇とすべく、幕府が圧をかけた。明正《めいしょう》天皇の誕生であった。

天皇家と徳川の血を引く天皇が即位した。公武合体はなったはずだったが、明正天皇は女帝である。女帝は終生独身でなければならないという不文律が朝廷にはあった。結局、一代で徳川の血を引く天皇は終わった。

その後を襲った後光明《ごこうみょう》天皇が、幕府嫌いになった。当たり前である。後水尾天皇の血を引く男子がいるにもかかわらず、姉に天皇を奪われたのだ。そして、後光明天皇に輪を掛けたのが、今上の霊元《れいげん》天皇であった。

後光明天皇の弟である霊元天皇は、幕府を徹底して嫌った。

霊元天皇は、綱吉の御台所信子《のぶこ》の実家鷹司《たかつかさ》と甲府《こうふ》宰相徳川綱豊《つなとよ》の簾中《れんちゅう》として娘を出した近衛《このえ》家を冷遇するほど、幕府に敵対心を燃やした。

「朝幕がぎくしゃくするのは、我らにとってよいことではない」

綱吉が嘆息した。

「今上が幕府を嫌われるのはよい。いずれ退位されるのだからな」

口の端を綱吉がゆがめた。

「……それは」

「なんと……」

柳沢吉保と松平対馬守が、綱吉の言葉の裏を読んで、絶句した。

「ただ次も幕府を嫌われる方というわけにはいかぬ。天皇は幕府を嫌う者という風潮ができるのも芳しくない。天下に朝幕の間が悪いと拡がるのもまずい」

「はい」

「仰せのとおりでございまする」

柳沢吉保と松平対馬守が同意した。

「介入すべきと躬《み》は考える」

綱吉が宣した。

「ご英断でございまする」

「おこころのままに」

松平対馬守が綱吉を褒め、柳沢吉保が従うと応えた。

「対馬守」

「はっ」

さっと松平対馬守が両手をついた。

「京へ行け。大目付に与えられた朝廷監査の権をもって、松木に手を貸してやれ。ただし、所司代は頼るな。御台所の実家、鷹司には話をつけておく。ああ、言わずともそなたならばわかっておろうが……」

「近衛さまには近づきませぬ」

綱吉の眼差しを受けた松平対馬守が述べた。

五代将軍の座を争った甲府宰相徳川綱豊を綱吉は嫌っていた。

「よかろう。ことをなせたおりは、加増してくれる」

「かたじけのうございまする」

松平対馬守が平伏した。

御前をさがった松平対馬守は、興奮していた。

「やったぞ。これで家格があがる」

三千石をこえる旗本の数は少ない。だけに、わずかな石高の差が大きな違いになった。

「朝廷を抑えたならば、千石は堅い。四千石になれば、留守居に手が届く」

留守居とは、諸藩の外交役である留守居役とは違って、名前の通り江戸城の留守を預かる役目である。将軍が江戸城を離れているとき、全権をもって守衛するだけでなく、普段から御広敷と大奥を監督した。役高は五千石で、在任中は十万石の格となり、下屋敷を与えられる。まさに、旗本の頂点であった。

「矢切、褒めてやる」

うれしそうに松平対馬守が独りごちた。

その夜、綱吉は大奥へ入り、御台所鷹司信子と歓談していた。

大奥は将軍のものではなかった。三代将軍家光の母お江与《えよ》の方と乳母春日局《かすがのつぼね》によって、大奥は表の支配を受けない場所とされ、その主《あるじ》は御台所と決められた。

将軍はあくまでも大奥の客でしかなく、足を踏み入れられるのは居間とされる小座敷と御台所の館だけであった。

綱吉が良衛の手紙を信子に読めと促した。

「信子、これを」

「……まあ」

信子が小さく驚いた。

「山科が愛宕に」

「ありえるか。躬は京に詳しくない。御台は知っておろう」

「いいえ」

問うた綱吉に、信子が首を左右に振った。

「三井《みつい》」

信子が側についている上臈《じょうろう》に声をかけた。

「山科はどのような引きで大奥へ来た」

「はい」

訊かれた三井がすぐに答えた。

「山科は武家伝奏広橋《ひろはし》内大臣兼勝卿《かねかつきょう》のご推薦で指南役になりましてございまする」

「兼勝のことをご説明いたせ」

さらなる要望を信子が出した。

「広橋内大臣卿は、徳川家康さまに将軍就任の内示を伝える使者となったことで、朝幕の仲を取り持つ武家伝奏に任じられました」

「なるほど。幕府に近いわけじゃ」

綱吉がうなずいた。

「広橋と松木のかかわりをお話しせよ」

「まだあるのか」

さらに話をと言った信子に綱吉は目を剝いた。

「広橋内大臣卿の姫が松木に嫁がれ、ご先代宗条《むねえだ》卿をお産みになっておりまする」

三井が告げた。

「なるほど、二重の縁か。それでは、裏切らぬな」

「はい。裏切るようなまねをすれば、己はまだしも、京にある実家は押しつぶされましょう。公家は血の縁を大事にいたしますゆえ」

信子が断言した。

「となると、この手紙の意図を探らねばならぬな」

綱吉が手紙を睨んだ。

「大目付より、この手紙を書いた者、運んだ者が誰かは聞いている。書いたのは寄合医師矢切良衛。運んだのは京にある大目付の隠密宿《おんみつ》」

「医者の策ではございますまい」

信子が言った。

「京は、旅人に冷たい土地でございまする。そうそうに公家の血脈の動きなどを知ることはできませぬ」

「であるか」

妻の言いぶんに綱吉が応えた。

「大目付の宿は代々京にあると言ったな。となれば、このくらいのことは」

「わかっておりましょう」

信子が答えた。

「隠密宿が手紙をあらためぬはずはない。山科が寝返ることはないと知りつつ、この手紙を運んだ……ふん」

綱吉が鼻を鳴らした。

「手紙が躬のもとまで来るとは思ってもおるまい。隠密宿の者ていどではそこまで考えておらぬであろう。大目付の目を欺きたかったというところか」

「上様をたばかったとなれば、その罪は重うございます」

信子が述べた。

「どこかに飼われたな。隠密宿め……。丹波守か、その前の所司代からか」

少し綱吉が思案した。

「所司代……大目付が京に手を伸ばすのがよほど嫌だと見える。京は所司代の管轄だが、朝廷の監査は大目付の任。領分に手出しされるのを嫌った。いや、ついでに己のあら探しをされるのを嫌ったな。所司代は老中の一歩手前、なにごともなければ数年で執政にのぼれる。それを邪魔されたくはないと」

綱吉が続けた。

「さらに、今の所司代稲葉丹波守は遠慮中だ。なるほど、動けぬのだから、朝幕になにかあっても今度は責任を取らずにすむ。代わりに大目付を生け贄《にえ》にするか」

綱吉が稲葉丹波守の意図を悟った。

「いかがなさいまする。実家に頼みましょうや」

「いや、鷹司に傷を付けたくはない。これくらい対馬守がどうにかするであろう。できぬようならば、そこまでだったということだ」

綱吉が酒の満たされた盃《さかずき》を手にとった。

「うまくこなしたならば加増か出世、しくじれば咎め。信賞必罰は政の基本。丹波守と対馬守、どちらが勝つか、見物だ。躬の治世に役立たずは要らぬ」

氷のように冷たい声を綱吉が出した。

「それに、そろそろ医者を対馬守から離してやらぬとな。伝の願いが遅くなる」

「上様のお子さまの誕生。わたくしが産めなかった代わりをしてくれた伝の願い。なんとしてでもかなえてやりとうございまする」

名門の出だけに信子は血筋を残すことの重要さを知っている。己が産めなかった綱吉の子を孕《はら》んだ伝のことを嫌ってはいなかった。

「子……躬の血を引く子ができるならば……」

兄家綱《いえつな》に子がいなかったことで五代将軍になれた綱吉は、継承の重さを理解している。天下にただ一つ、将軍という地位をなんとしてでも子に継がせたいと思っていた。

「甲府に渡さずにすむならば……和蘭陀の技でも気にせぬ。いや、なんでもしてくれる。長崎に向かったあの医師が、頼みだ」

綱吉が盃を呷《あお》った。

本書は書き下ろしです。

表《おもて》御《ご》番《ばん》医《い》師《し》診《しん》療《りよう》禄《ろく》6

往《おう》診《しん》

上《うえ》田《だ》秀《ひで》人《と》

平成27年 8月25日　初版発行

発行者●郡司 聡

発行●株式会社KADOKAWA
〒102-8177　東京都千代田区富士見2-13-3
電話 03-3238-8521（カスタマーサポート）
http://www.kadokawa.co.jp/

角川文庫 19308

印刷所●株式会社暁印刷　製本所●株式会社ビルディング・ブックセンター

表紙画●和田三造

ISBN978-4-04-102050-0　C0193

角川文庫発刊に際して

角川源義

第二次世界大戦の敗北は、軍事力の敗北であった以上に、私たちの若い文化力の敗退であった。私たちの文化が戦争に対して如何に無力であり、単なるあだ花に過ぎなかったかを、私たちは身を以て体験し痛感した。西洋近代文化の摂取にとって、明治以後八十年の歳月は決して短かすぎたとは言えない。にもかかわらず、近代文化の伝統を確立し、自由な批判と柔軟な良識に富む文化層として自らを形成することに私たちは失敗して来た。そしてこれは、各層への文化の普及滲透を任務とする出版人の責任でもあった。

一九四五年以来、私たちは再び振出しに戻り、第一歩から踏み出すことを余儀なくされた。これは大きな不幸ではあるが、反面、これまでの混沌・未熟・歪曲の中にあった我が国の文化に秩序と確たる基礎を齎らすためには絶好の機会でもある。角川書店は、このような祖国の文化的危機にあたり、微力をも顧みず再建の礎石たるべき抱負と決意とをもって出発したが、ここに創立以来の念願を果すべく角川文庫を発刊する。これまで刊行されたあらゆる全集叢書文庫類の長所と短所とを検討し、古今東西の不朽の典籍を、良心的編集のもとに、廉価に、そして書架にふさわしい美本として、多くのひとびとに提供しようとする。しかし私たちは徒らに百科全書的な知識のジレッタントを作ることを目的とせず、あくまで祖国の文化に秩序と再建への道を示し、この文庫を角川書店の栄ある事業として、今後永久に継続発展せしめ、学芸と教養との殿堂として大成せんことを期したい。多くの読書子の愛情ある忠言と支持とによって、この希望と抱負とを完遂せしめられんことを願う。

一九四九年五月三日

角川文庫ベストセラー

切開　表御番医師診療録1

上田秀人

表御番医師として江戸城下で診療を務める矢切良衛。ある日、大老堀田筑前守正俊が若年寄に殺傷される事件が起こり、不審を抱いた良衛は、大目付の松平対馬守と共に解決に乗り出すが……。

縫合　表御番医師診療録2

上田秀人

表御番医師の矢切良衛は、大老堀田筑前守正俊が斬殺された事件に不審を抱き、真相解明に乗り出すも何者かに襲われてしまう。やがて事件の裏に隠された陰謀が明らかになり……。時代小説シリーズ第二弾！

解毒　表御番医師診療録3

上田秀人

五代将軍綱吉の膳に毒を盛られるも、未遂に終わる。表御番医師の矢切良衛は事件解決に乗り出すが、それを阻むべく良衛は何者かに襲われてしまう……。書き下ろし時代小説シリーズ、第三弾！

悪血　表御番医師診療録4

上田秀人

御広敷に務める伊賀者が大奥で何者かに襲われた。表御番医師の矢切良衛は将軍綱吉から命じられ江戸城中から御広敷に異動し、真相解明のため大奥に乗り込んでいく……書き下ろし時代小説シリーズ、第4弾！

摘出　表御番医師診療録5

上田秀人

将軍綱吉の命により、表御番医師から御広敷番医師に職務を移した矢切良衛は、御広敷伊賀者を襲った者を探るため、大奥での診療を装い、将軍の側室である伝の方へ接触するが……書き下ろし時代小説第5弾。